Ernst Connemy

Oh dieser Papa!

Lustspiel in vier Akten

Ernst Connemy

Oh dieser Papa!
Lustspiel in vier Akten

ISBN/EAN: 9783743312180

Hergestellt in Europa, USA, Kanada, Australien, Japan

Cover: Foto ©Andreas Hilbeck / pixelio.de

Manufactured and distributed by brebook publishing software (www.brebook.com)

Ernst Connemy

Oh dieser Papa!

☞ **Manuscript.** ☜

Uebersetzungsrecht für alle Sprachen vorbehalten.

Für sämmtliche Bühnen im ausschließlichen Debit von **Felix Bloch** in **Berlin**, von welchem allein das Recht der Aufführung zu erwerben ist.

Der Verfasser.

O dieser Papa!

Lustspiel in vier Akten

von

Ernst Connemy.

Reg. London Stat. Hall.
Berlin 1886.

Für Amerika, Canada und Australien ist das Aufführungsrecht ausschließlich durch meinen Vertreter, Herrn Direktor Heinrich Conried — 13. W. 42d. Street New-York — zu erwerben.

Für Oesterreich-Ungarn beliebe man sich an meinen Vertreter Herrn J. Wild, Wien I., Friedrich-Straße 2, zu wenden.

Für Rußland und Polen im ausschließlichen Verlage der Buchhandlung Mellin & Neldner, Riga, und ist von derselben das Aufführungsrecht zu erwerben. —

Nachdruck und Uebersetzung verboten.

Für Schweden, Norwegen und Finnland kann das Aufführungsrecht dieses Stückes nur durch Uebereinkunft mit meinem Rechtsvertreter Herrn Oscar Wijkander, Königl. Hof-Intendant, Stockholm, erworben werden.

Das Aufführungsrecht dieses Stückes für Dänemark kann nur durch die Königl. Hofmusikhandlung in Copenhagen erworben werden.

Nachdruck und Uebersetzung verboten.

Dieses Manuscript darf von dem Empfänger weder verkauft, noch verliehen, noch sonst irgendwie weitergegeben werden, bei Vermeidung der gerichtlichen Verfolgung wegen Mißbrauchs, resp. Schadloshaltung des Autors.

Berlin 7, NW., Mittelstr. 21.

Felix Bloch,
bevollmächtigter Vertreter des Autors.

Personen.

von Mellenthien auf Mellenthien.
Ilse, seine Tochter.
Alide, verwittwete Friedeck.
Realschul-Direktor Dr. Livonius.
Gertrud Ritter, seine Nichte.
Fred Fock.
Premierlieutenant Hans Holm.
Paul Baumann, dessen Bursche.
Sophie, in Livonius' ⎫
Brigitte, in Alidens ⎬ Diensten.
Hoppe, in Fock's   ⎭

Ort der Handlung: Eine Garnison.
Zeit: Die Gegenwart.

Erster Akt.

(Behaglich ausgestattetes Zimmer bei Livonius. Außer andern Möbeln vorn links ein Sopha mit Tisch und Stühlen, rechts mehr nach hinten ein weißgedeckter Geburtstagstisch mit Blumen und Geschenken. In der Mitte und zu beiden Seiten je eine Thür, davon die rechte (mit Glasscheiben) in den Garten hinaus geöffnet ist.)

1. Scene.
Gertrud. Brigitte. (Dann) **Livonius.**

Gertrud (mit Brigitte eilig durch die Mitte eintretend). Nein, Brigitte, so eine Freude und gerade heute! (Ruft in die Thür links.) Onkel, lieber Onkel, bitte einen Augenblick —

Livonius (noch draußen). Was giebt es denn? Ist er endlich da?

Gertrud. Wer denn?

Livonius (eilig von links). Nun der Lieutenant. (Brigitte erblickend.) Ah, Brigitte! — Sie kommen von ihm?

Gertrud. Von welchem Lieutenant?

Livonius. Mein Gott, Brigitten's Lieutenant. Ich erwarte ihn sehnlichst.

Gertrud (zu Brigitte). Du hast einen Lieutenant?

Livonius. Siehst Du das nicht an ihrer Haube? Jeden Tag hat sie schönere Bänder daran.

Brigitte (verschämt). Aber, Herr Direktor.

Livonius (scherzend). Seien Sie ganz stille, Brigitte! (Zu Gertrud.) Seit vier Wochen hat sie Tantens Erdgeschoß an einen bildhübschen Offizier und seinen Burschen vermiethet. Sie denkt, Tante ist immer auf Reisen, da will sie auch ihr Vergnügen haben —

Gertrud. Nein, lieber Onkel, Tante Alide ist hier.

Livonius. Was?

Unverkäufliches Manuscript.

Brigitte. Ja, mitten in der Nacht ist Frau Friedeck wiedergekommen.

Gertrud. Ist das nicht eine köstliche Ueberraschung zu meinem Geburtstage heute?

Livonius. Das will ich meinen! Und doch nicht so groß wie die, welche mir (zu Brigitte) Ihr Lieutenant gemacht hat. Kinder, ich soll die Sache zwar noch gegen Jedermann geheim halten, aber soviel kann ich Euch doch sagen: Dieser Lieutenant ist ein Prachtexemplar!

Brigitte. Ja, das sagen auch alle Damen.

Gertrud (seufzend). Und ich kenne ihn noch nicht!

Brigitte. Und wie sie ihm nachlaufen! Bis in unser Gartenhaus!

Livonius. Aber Brigitte —

Brigitte. Ich habe es ja mit eigenen Augen gesehen!

Livonius. } Was?
Gertrud. }

Brigitte. Ja, gestern Morgen. Er hatte im Gartenhause wie gewöhnlich gefrühstückt und geschrieben und dabei seine Brieftasche liegen lassen. Wie er hernach zum Exercierplatz gehen soll, muß er Hals über Kopf hinspringen, um sie zu holen. Und was sieht er, als er in die Thür tritt?

Livonius } (höchst gespannt). Nun?
Gertrud }

Brigitte. Sitzt da eine junge Dame, schön wie ein Engel, an seinem Tisch und schläft.

Gertrud (erstaunt). Schläft?

Livonius. Ach, das ist nicht zu glauben!

Brigitte. Nicht wahr? Ach, ich habe mich ja so geärgert, daß ich nicht eine Minute früher gekommen bin. (Geschwätzig.) Ich wollte nämlich gerade das Gartenhaus aufräumen. — Und da habe ich sie nur eben noch davonlaufen und durch unsere kleine Pforte in den Ressourcegarten schlüpfen sehen. Aber das Gesicht von dem Lieutenant! Wenn Einer das große Loos gewinnt, kann er nicht glücklicher aussehen. —

Gertrud. Ja, wer ist denn die Dame gewesen?

Brigitte. Das möchten wir ja um Alles in der Welt gern herausbekommen.

Gertrud. Hat er sie denn nicht darnach gefragt?

Brigitte. Gott bewahre. Zuerst ist er ganz paff gewesen und dann hat es ihm leid gethan sie zu wecken. Aber wie er leise nach dem Buche langt, schlägt sie plötzlich doch die Augen auf und — ehe er noch ein Wort herausbringen kann — husch — ist sie zur Thür hinaus.

Gertrud. Nein, was so ein Lieutenant alles erlebt!

Brigitte (wichtig). Aber die Geschichte ist noch nicht aus, denn das sage ich Dir — und wenn er sich die Augen aus dem Kopfe suchen soll — der ruht nicht, bis er die Dame gefunden hat.

2. Scene.
Vorige. Sophie. (Dann) Holm.

Sophie (durch die Mitte, meldend). Herr Lieutenant Holm.

{ Livonius (Holm entgegengehend). Ah — endlich, Herr Lieutenant!
Brigitte (leise zu Gertrud). Das ist er. —

Holm. Verehrter Herr Direktor. Gnädiges Fräulein —

Livonius (vorstellend). Meine Nichte, Gertrud Ritter.

Holm (verbeugt sich). Ah, sehr erfreut, mein gnädiges Fräulein. Ich habe mit soviel Verehrung von Ihnen sprechen hören —

Gertrud (verwundert). Von mir?

Holm. Sie stammen doch aus Neustadt nicht wahr?

Gertrud. Allerdings.

Holm. Sehen Sie, dann stimmt es schon. Aber Verzeihung, Herr Direktor, daß ich so lange auf mich warten ließ. Eine Nachricht im Casino trägt die Schuld daran. Denken Sie, man will wieder Spuren eines Landesverraths entdeckt haben.

Brigitte (schreit laut auf). Allmächtiger!

{ Livonius.
Gertrud. } Was giebt's denn?

{ Holm (sich nach ihr umwendet, verwundert). Sieh da, Brigitte! Was haben Sie denn?

Brigitte (befangen). Ich? Nichts, Herr Lieutenant. Beileibe nichts.

Gertrud. Und da schreist Du so?

Holm. Ja, in der That —

Livonius. Am Ende ist's die Brigitte gewesen.

Brigitte (lebhaft). Nein, nein, Herr Direktor. Wahrhaftig nicht!

Alle (lachen).

Brigitte. Ja lachen Sie nur, Herr Direktor. Man kann nie wissen — „Satan gehet umher wie ein brüllender Löwe".

Manuscript not for sale.

Livonius (lustig). Aber bei Ihnen beißt der nicht mehr an.

Brigitte (gekränkt). Meinen Sie? Aber vielleicht bei andern Leuten. Und wenn noch andere Leute wüßten, was ich weiß — Na, ich habe nichts gesagt, und die Frau wird schon schelten, daß ich so lange bleibe. Aber wenn das ein Ende mit Schrecken nimmt, dann — Na, adjeh! (Ab durch den Garten.)

3. Scene.
Vorige (ohne) Brigitte.

Livonius. Adieu, Brigitte!

Gertrud (zu Livonius). Was hat sie nur?

Livonius (lustig). Einen verdrehten Kopf vom unverdauten Zeitungslesen. (Zu Holm.) Aber so Gott will, Herr Lieutenant, ist nichts Wahres an Ihrem Gerücht oder man bringt die Schuldigen heraus und zur verdienten Strafe.

Holm. Hoffen wir's. Aber dabei fällt mir ein, daß ich ja selbst etwas herauszubringen habe.

{ Gertrud. Sie?
{ Livonius. Ah!

Holm (indem er einen Brief hervorzieht). Man hat mich da um Auskunft über den Bruder einer jungen Dame aus Neustadt ersucht, die in einem Berliner Hause als Gouvernante thätig ist, ein Fräulein Olga Baumann.

Gertrud. Olga Baumann? So hieß ja meine liebste Jugendgespielin.

Holm. Was Sie sagen! Hatte die einen Bruder Namens Paul?

Gertrud. Versteht sich! Fünf Jahre älter als sie! Mein und Olga's unzertrennlicher Kamerad!

Holm. Vortrefflich! Nach dem erkundigt man sich eben bei mir. Bitte, lesen Sie selbst, Herr Direktor. (Giebt Livonius den Brief.)

Gertrud. O, dann schreiben Sie nur: er ist ein prächtiger Junge — das heißt gewesen — jetzt ist er sicher schon auf der Universität oder noch weiter.

Holm. Meinen Sie?

Gertrud. Ganz gewiß. Die Lehrer stellten ihn ja immer als Muster auf. Daß der einmal etwas ganz Außerordentliches wird, darauf will ich gleich die Hand in's Feuer legen.

Holm (bedeutungsvoll). Sie haben Herrn Baumann eine vortreffliche Meinung bewahrt.

Livonius. Die er leider nicht zu verdienen scheint —
Gertrud. Was? Paul Baumann?
Livonius. Wenigstens begnügt er sich vorläufig damit, hier seiner dreijährigen Dienstzeit zu genügen.
Gertrud (entrüstet). Paul ein gemeiner Soldat? (Zu Holm.) Das ist unmöglich!
Holm (zuckt die Achseln).
Livonius. Hier in diesem Briefe behauptet man sogar, daß er der armen Olga unter Vorwänden, wie sie eben nur eine Schwester glaubt, ihre dürftigen Ersparnisse abschwindelt.
Gertrud. Mein Paul Baumann?
Livonius. Dein Paul Baumann.
Gertrud. Das ist nicht wahr!
Livonius (giebt ihr den Brief). Bitte, hier steht es schwarz auf weiß.
Gertrud (nach einem flüchtigen Blick in den Brief). Das ist ein Anderer. Baumann kann am Ende jeder heißen.
Holm. Auch Olga und Paul?
Gertrud. Warum denn nicht?
Holm. Und aus Neustadt stammen?
Gertrud (nach einem bestürzten Blick in den Brief). Nein, nein, ich lasse meinen Jugendgespielen nicht bei mir verdächtigen. (Ueberzeugt.) Eher will ich glauben, daß es noch zehn dieses Namens giebt, als daß der, den ich gekannt habe, einer einzigen Niedrigkeit fähig wäre. (Indem sie Holm den Brief zurückgiebt; beleidigt.) Und das, Herr Lieutenant, ist die ganze Auskunft die ich Ihnen geben kann. (Macht ihm einen raschen Knix und geht nach Holms nächster Rede rechts ab.)
Holm (schalkhaft). O, Sie ahnen nicht, wie überaus befriedigt ich davon bin.

4. Scene.

Vorige (ohne) **Gertrud.** (Dann) **Sophie.**

Livonius. Ei ei, Herr Lieutenant, Sie machen ein so verschmitztes Gesicht? (Ladet zum Sitzen ein.)
Holm (Platz nehmend). Ich glaube auch einige Ursache dazu zu haben, besonders wenn Sie sich entschließen könnten, meine Bitte in Betreff des jungen Mannes zu erfüllen, dessen Schicksal Ihnen mein gestriger Brief an's Herz legen sollte.
Livonius. Ja, richtig, Ihr Brief! Wissen Sie, daß ich eine schlaflose Nacht davon gehabt habe? Ein Lieutenant, der

Unverkäufliches Manuscript.

die Mußestunden eines ganzen Jahres an die wissenschaftliche Ausbildung eines jungen Autodidacten wendet — Wenn ich ihn nicht leibhaftig vor mir sähe, ich würde ihn für ein Wesen der Fabelwelt halten.

Holm. Aber, Herr Direktor. Der deutsche Soldat weiß, wie viel er dem deutschen Schulmeister verdankt. Warum soll da nicht auch einmal ein künftiger Schulmeister einem deutschen Soldaten Etwas verdanken?

Livonius. Und Sie glauben wirklich an die Begabung Ihres Schützlings, an seine großen Zukunftsträume?

Holm. Der ruhige Muth, mit dem er an die Lösung dieser Aufgabe ging, (überreicht Livonius ein Zeitungsblatt, indem er eine besondere Stelle bezeichnet) mußte mich überzeugen.

Livonius (nach einem Blick in die Zeitung, mit zweifelndem Staunen). Was, die Preisaufgabe der Société mathématique in Paris?

Holm. Sie fiel mir vor einigen Wochen zufällig in die Hand, er hat seitdem Tag und Nacht darüber gebrütet und beendet eben schon die Reinschrift dessen, was er fertig gebracht hat.

Livonius (mit höchstem Staunen). Diese Riesenarbeit in so kurzer Zeit?

Holm. Ich habe ihm allerdings nichts von ihrer eigentlichen Bedeutung gesagt. Wozu auch, da die Einlieferungsfrist ja längst verstrichen ist.

Livonius (Feuer und Flamme). Nun, was das anbelangt — Professor Saint Réol, der erste Preisrichter in Paris, ist mir persönlich befreundet und wenn ihm ein Brief von mir die Sache in dem gehörigen Lichte darstellte — Mein Gott, der Preis ist freilich verwirkt, aber die Anerkennung des Richterkollegiums würde dem jungen Manne vielleicht ohne Weiteres unsere Universitäten öffnen.

Holm. Ach, Herr Direktor, wenn Sie das ermöglichen könnten!

Livonius. Um mich haben Sie es freilich nicht verdient.

Holm. Wie?

Livonius. Einem alten eingefleischten Pädagogen ein solches Talent vor der Nase weg zu entdecken!

Holm. Herr Direktor —

Livonius. Na, schon gut. Ich will sehen was sich thun läßt, sobald ich die Arbeit und — den jungen Mann kennen werde.

Holm (steht auf und schüttelt Livonius die Hand). Wie soll ich

Ihnen danken, Herr Direktor! (Eilig.) Gestatten Sie, daß ich den nächsten Weg durch den Garten nehme und in höchstens einer Stunde erhalten Sie die Reinschrift, ich kehre selbst zurück, Ihnen vollkommenste Aufklärung zu geben.

Livonius. Und so lange soll ich noch auf der Folter liegen?

Holm. Thun Sie es mir zu Gefallen. Vielleicht kommt eine allerliebste Ueberraschung dabei heraus, die auch Ihnen Freude macht.

Livonius. Und wenn ich inzwischen vor Neugier gestorben bin?

Holm. Nun gut, dann will ich's zu ermöglichen suchen, daß Ihnen mein Schüler seine Arbeit selber bringt.

Livonius (reicht ihm die Hand). Ein Mann —

Holm. Ein Wort! (Schüttelt Livonius die Hand.) Auf Wiedersehen! (Rechts ab.)

Livonius. Auf Wiedersehen! Ein prächtiger Mensch! Ah, das ist heute ein Tag, ein Tag — Wenn ich diese Freude nur nicht noch mit einem Unglück büßen muß.

Sophie (durch die Mitte). Herr Fred Fock. (Ab.)

Livonius. Ich sage es ja!

5. Scene.

Livonius. Sophie. (Dann) **Fred.**

Sophie (öffnet die Mittelthür). Bitte.

Fred (sehr blond, einen Blumenstrauß in der Hand). Na, da bin ich, Herr Direktor!

Livonius. Das ist ja sehr nett von Ihnen.

Fred. Sie wissen doch noch?

Livonius. Was denn?

Fred. Na, meine Absichten.

Livonius. Absichten?

Fred. Wenn Fräulein Gertrud älter wäre, wollten wir weiter davon sprechen.

Livonius (sich erinnernd). Ah so!

Fred. Na, heute ist sie ja wieder älter geworden.

Livonius. Aber erst sechzehn Jahre.

Fred. Das ist mir alt genug. Und da Sie mich doch gewissermaßen von der Schulbank kennen —

Livonius. Aber ich glaube kaum, daß ich mir auf die Bekanntschaft viel einbilden darf.

Manuscript not for sale.

Fred. Nun, darüber wollen wir uns nicht streiten. Sagen Sie nur ja und die Sache ist abgemacht.

Livonius. Und Gertrud's Meinung?

Fred. Ah, um die ist mir nicht bange. Ich sage Ihnen, Fred Jock mit der schönen Ponny-Equipage, den nimmt man.

Livonius. So? Was habe ich denn da neulich in der Stadt gehört? Es hieß, daß Ihre Ponnys nicht umsonst einen Korbwagen ziehen.

Fred. Haha! Schwacher Witz! Kenne ich. Aber wenn mir da nicht blos Einer dazwischen gekommen wäre —

Livonius (mit Humor). Blos Einer dazwischen!

Fred. Aber ärgert mich gar nicht. Nein! Im Gegentheil, freut mich sogar. Fräulein Gertruds wegen. Wäre ja sonst schon weg.

Livonius. Allerdings —

Fred. Das heißt, weg bin ich jetzt auch, aber weg in Fräulein Gertrud. Haha, Sie sehen, ich kann auch Witze machen.

Livonius. Sie können sogar darüber lachen und das scheint mir noch schwerer.

Fred (für sich). Matte Bemerkung.

Livonius. Aber ernsthaft, lieber Fred. Sie wissen, ich bin ein alter Mathematikus. Ich will fertige Exempel sehen, ehe ich die Probe darauf gestatten kann.

Fred. Aber, Herr Direktor, wir sind hier doch nicht in der Schule!

Livonius. Gleichviel! Wer Gertrud beglücken will, der muß mir erst so und so viele Anzeichen rubriciren können, aus deren Summa klar hervorgeht, daß sie sich so etwas auch gern von ihm gefallen lassen will.

Fred. Gott, Mathematik war immer meine schwache Seite. Was meinen Sie für Anzeichen?

Livonius. Ach, es giebt deren Tausenderlei. So ein verliebtes junges Ding, das wechselt zum Beispiel die Farbe, wenn der heimlich Ersehnte unerwartet in die Thür tritt. Es wird blaß und roth, kann vor Herzklopfen nicht reden — ja, es kann sogar vor Seligkeit schreien.

Fred. Das wäre mir allerdings das Liebste.

Livonius. Wirklich?

Fred. Und ohne diese Anzeichen thun Sie es nicht?

Livonius. Auf keinen Fall.

Fred. Nun, wenn Sie Fräulein Gertrud die Umstände machen wollen —

6. Scene.
Vorige. Gertrud.

Gertrud (ist von links eingetreten). Umstände, lieber Fred?
Fred (sich umwendend). Ah, Fräulein Gertrud! (Zu Livonius.) Man braucht doch nur vom Wolf zu reden.
Gertrud. Ei, ei, wie galant!
Fred. Wieso? — Ach so! Meinen besten Glückwunsch. (Ueberreicht den Strauß.) Direkt von Berlin verschrieben.
Gertrud (lustig). Der Glückwunsch?
Fred (lachend). Nein, der ist nicht so weit her.
Gertrud. Immer pikant, lieber Fred.
Fred. Ja, Mutterwitz.
Gertrud (indem sie die Blumen hinten auf den Tisch legt). Und Ihr spracht von mir?
Livonius (leise zu Fred). Pst!
Fred (ebenso, überlegen). Passen Sie nur auf. (Laut nach hinten sprechend.) Von einer brillanten Partie für Sie.
Gertrud (überrascht nach vorn kommend). Partie für mich?
Livonius (außer sich). Sie sind —
Fred (schnell, überlegen). Ich meine ja — Croquet — versteht sich — die wir mit einander spielen wollen.
Gertrud. Vortrefflich, lieber Fred, bringen Sie das Spiel in Ordnung.
Fred (triumphirend). Na, was sagen Sie jetzt?
Livonius. Jetzt sage ich: Herr — in Tertia hätte ich was Anderes gesagt.
Fred. Sehr gut! Aber wenn Sie über meine Witze nicht lachen, dann lache ich über Ihre auch nicht mehr. (Rechts ab.)
Gertrud. Aber lieber Onkel, ihn so zu kränken! Er ist ja nie bis Tertia gekommen.

7. Scene.
Vorige. Ilse.

Ilse (im Reitkleid, öffnet die Mittelthür, lustig). Wo ist das Geburtstagskind? (Stürmt mit offenen Armen auf Gertrud zu.)
Gertrud (jubelnd, indem sie Ilse umarmt und küßt). Ilse, meine liebe Ilse!

Unverkäufliches Manuscript.

Livonius (höchst erstaunt). Unser Oppositionsgeist? Ah, das ist ja nicht möglich!

Ilse (Livonius umarmend und küssend). Da fühlen Sie es, wenn Sie den Augen nicht trauen.

Livonius (sich sträubend). Halt! Ich ersticke. Ich glaube ja schon!

Gertrud. Und die Schweizer Pension?

Ilse. Ist pensionirt.

Gertrud. } Wie?
Livonius. }

Ilse. Ich stellte Papa bei seinem Besuche einfach vor die Frage, ob er mich lebend oder todt mitnehmen wolle, nach Hause müßte ich auf alle Fälle.

Livonius (lustig). Da wählte er natürlich das kleinere Uebel.

Ilse (mit dem Finger drohend). Herr Direktor! Ich küsse Sie noch einmal. (Hat zufällig durch die Gartenthür geblickt.) Aber was sehe ich? Besuch?

Gertrud. Dein Vetter Fred.

Ilse (achselzuckend). Ach, der dumme Junge!

Gertrud. Aber Ilse, wir sind älter geworden.

Ilse. Ja, Du und ich — der wächst nie aus.

Livonius (Pantomime des Schlagens). Darnach haben Sie ihn wenigstens beim Abschied behandelt.

Ilse. Er war so frech, einen Kuß zu wollen. Und (macht in der Luft einen Schlag) auf einen losen Mund gehört eine lose Hand.

Livonius. Aber Ilse, Ihr Vetter! Wissen Sie? Papa hat ihm als Entschädigung dafür einen zum Willkomm versprochen.

Ilse. Dann mag er ihn auch geben. Ich denke nicht daran. (Mit komischer Verzweiflung.) Ueberhaupt der Papa! Da bin ich nun drei Jahre in der Pension gewesen und er hat nicht das Geringste gelernt.

{ Livonius (mit Humor). Ist es möglich!
{ Gertrud. Wieso?

Ilse. Die ganze vorgestrige Nacht sind wir durchgefahren, um gestern zu ruhn und hier hier heute Morgen die Ersten zu sein — und er läßt mich schlafen und weckt mich nicht.

Livonius. Nein, so ein Barbar!

Ilse. Aber ich habe mich gerächt! Als ich vorhin die Augen aufschlug, da hörte ich was vor meinem Schlüsselloch schnaufen. Aha, der Papa, (markirt die Bewegung) der sich den

Schnurrbart streicht. Warte, dacht' ich und schnarchte ganz fürchterlich. Da lachte er heimlich in sich hinein und schlich leise auf den Zehen davon. Ich flugs aus dem Bett, das Reitkleid über, durch's Fenster das Weinspalier hinab in den Stall und auf dem Blitz davon.

Gertrud (erschreckt). Was, Du hast den Fuchs geritten?
Livonius. Der Ihren Vater neulich abgeworfen hat?
Ilse. Desto besser, da sieht Papa gleich, wer stärker ist.
Livonius. Ja, aber das Pferd?
Gertrud. Wo ist das geblieben?
Ilse. Ein Dienstmann soll's zur Ressource führen. Einstweilen hält es jetzt Euer Mädchen.
{Gertrud. Die Sophie?
{Livonius. Allmächtiger! (Rechts abeilend.) Da hört Alles auf!
Ilse (in verwunderter Unschuld). Was hat denn Dein Onkel? Sie stand in der Thür und faute de mieux —

8. Scene.

Vorige (ohne) Livonius.

Gertrud (vorwurfsvoll). Dein armer Papa! Wie wird er sich ängstigen!
Ilse. Ja, warum reißt ihm nicht einmal die Geduld? Ich wäre ihm vielleicht noch einmal so gut, wenn ich ein klein bischen Furcht vor ihm hätte.
Gertrud. Eine merkwürdige Liebe.
Ilse. Die einzig wahre! (Ihr an die Brust fliegend.) O Gertrud, wenn ich Dir sagen könnte!
Gertrud. Ilse, was hast Du plötzlich?
Ilse (mit der Hand abwinkend). Still! Still! (Indem sie ein Blatt aus der Tasche zieht.) Höre nur dies Gedicht.
Gertrud (neugierig). Ein Gedicht? Von wem?
Ilse. Von Ihm.
Gertrud. Von welchem Ihm?
Ilse. Den ich heirathen werde.
Gertrud (überrascht). Davon hast Du mir ja noch kein Wort geschrieben.
Ilse. Ich weiß es ja selbst erst seit gestern.
Gertrud. Nicht möglich. Wer ist es denn?
Ilse. Das kann ich Dir noch nicht mit Bestimmtheit sagen. —

Manuscript not for sale.

Gertrud. Wie?

Ilse. Papa wird sich heute erst höchst umständlich und nach allen Richtungen hin über ihn erkundigen.

Gertrud. Unbegreiflich.

Ilse. Nicht wahr? Ja, Papa ist manchmal entsetzlich pedantisch.

Gertrud. Also eine Bekanntschaft von unterwegs?

Ilse. Nein, erst von hier.

Gertrud. Aber ich denke, Ihr seid vom Bahnhof direkt auf das Gut hinausgefahren.

Ilse. Nachdem wir zuvor im Ressourcegarten gefrühstückt hatten.

Gertrud (aufmerksam). Im Ressourcegarten? Gestern früh?

Ilse. O, es war ein wundervoller Morgen. Aber ich hatte während der langen Nachtfahrt kein Auge geschlossen und wäre in der frischen Luft ohne Gnade auf meinem Stuhle eingeschlafen. Da machte ich rasch entschlossen ein paar Schritte und kam —

Gertrud (schnell). In Tante Alidens Garten?

Ilse (zusammenschreckend). Woher weißt Du?

Gertrud. Also Du bist das schlafende Fräulein gewesen?

Ilse. Um Gotteswillen, so schrei' doch nicht so.

Gertrud. Dann kenne ich Deinen Ihn: Brigitten's Lieutenant, der Dich überall sucht.

Ilse (schnell). Er sucht mich, Gertrud? Ist das wirklich wahr?

Gertrud. Frage nur Brigitte.

Ilse. O, dann ist Alles gut, dann hat mich ihm wirklich das Schicksal gesendet.

Gertrud (verwundert). Das Schicksal?

Ilse (mit fliegendem Athem). Ich wußte Tante auf Reisen, aber tausend Erinnerungen lockten mich. Halb im Traum finde ich mich auf meinem Lieblingssitz im Gartenhäuschen. Ich sehe Schreibgeräth auf dem Tische. Noch feucht fällt ein beschriebenes Blatt in meine Hand. Ich lese es, lese es wieder. Ich frage mich, woher es gekommen, wer sein Schreiber sein mag und — das Uebrige weißt Du.

Gertrud. Aber, Ilse, einzuschlafen —

Ilse (überzeugt). Es hat geschehen sollen! (Indem sie das Blatt entfaltet.) Ich war die Antwort auf diese Frage. (Liest.)

  Frühlingswonne rauscht in Winde,
  Strahlt im jungen Sonnenschein,
  In der neubegrünten Linde
  Baut ein Finkenpaar sich ein.

Neidisch aus der Ferne schau' ich
Zu dem lust'gen Hochzeitsfest;
Schicksal sprich, wann einmal bau' ich
Und für wen das eigne Nest?

Gertrud. O, das ist reizend, reizend, allerliebst.

Ilse. Nicht wahr? Und besonders weil er's nun weiß, für wen!

Gertrud. Aber Brigitte sagt, Ihr hättet nicht ein einziges Wort mit einander gewechselt.

Ilse. Wozu? Er hat mich ja angesehn, Gertrud, mit einem Blick — abscheulich sage ich Dir. Aber böse konnte ich ihm nicht sein. Nur eine Angst kam über mich, eine Angst — Du kannst Dir einen Begriff machen, wenn ich schon davonlaufe!

Gertrud. Ja, dann muß es schlimm gewesen sein.

Ilse. Und daran hab' ich's gefühlt: das ist der Rechte!

Gertrud. Aber Ilse!

Ilse. Ich weiß es felsenfest.

Gertrud. Ehe er Dir selbst gesagt hat?

Ilse. Mein Gott, dazu ließ ich ihm ja gestern keine Zeit. Beim nächsten Wiedersehen werde ich klüger sein.

Gertrud. Ilse, Ilse, nimm Dich in Acht —

Ilse. Sei unbesorgt. Ich weiß, hübsch bin ich nicht —

Gertrud (protestirend). O —

Ilse. Aber, da unten flüsterten sie einmal heimlich von mir und zwinkerten so eigen mit den Augen dabei. (Heimlich.) Ich hörte, wie sie mich eine beauté de diable nannten.

Gertrud (erstaunt). Beauté de diable? Was bedeutet das?

Ilse. Das weiß ich nicht. Aber siehst Du, Gertrud, gefallen hat es mir über die Maßen, ich weiß, mit dem diable hat es seine Richtigkeit.

Gertrud (nach einem zufälligen Blick durch die Gartenthür). Dein Vetter Fred! —

Ilse (indem sie schnell zurücktritt und sich neben die Thür rechts stellt). Still! Ich überrasche ihn!

9. Scene.

Vorige. Fred.

Fred (von rechts, ohne Ilse zu bemerken). Aber, Fräulein Gertrud, wird denn nun gespielt oder nicht?

O, dieser Papa!

Ilse (indem sie ihm von hinten her die Augen zuhält, für sich). Ja, Blindekuh!

Fred. Donnerwetter! Die Hand kenne ich doch!

Gertrud. Das will ich meinen!
Ilse (für sich). Vom Scheidegruß.

Fred. So ein energischer Druck — ah, Lieutenant, Sie?

Ilse (läßt los und dreht Fred an den Armen zu sich herum, schnell). Welcher Lieutenant?

Fred (ganz starr). Ilse! Du?

Ilse. Nun, was starrst Du mich denn so an?

Fred. Donnerwetter, bist Du hübsch geworden! Wo kommst Du her?

Ilse. Das erzähle ich Dir später. Jetzt schnell, was für einen Lieutenant kennst Du?

Fred. Ich kenne sie alle.

Ilse. Fred, Du bist reizend!

Gertrud. Sie sind am Ende gar ihr Freund?

Fred. Na und ob. Ich sage Euch, so kurz vor dem Ersten, da reißen sie sich förmlich um mich.

Ilse. Nein, wie Du Dich zu Deinem Vortheil verändert hast!

Fred (geschmeichelt). Ach so, Du meinst den Schnurrbart?

Ilse. Wo?

Fred. Na, hier!

Ilse (ihn am Bart zupfend). Wahrhaftig, da ist was.

Fred. Au! Donnerwetter!

Ilse (wie oben, unschuldig). Thut das weh?

Fred. Aber fürchterlich!

Ilse (ihm die Backe klopfend). Na, sei nicht böse. — Da, küss' mir die Hand. (Reicht ihm die Rechte.)

Fred (hingerissen). Man kann Dir gar nicht böse sein! (Küßt ihr die Hand.)

Ilse (schelmisch). Aber gut? Was?

Fred. Kolossal!

Ilse (eifrig). Wahrhaftig, Fred, Du meinst, man könnte mich gern haben — so was man sagt —

Fred. Zum Fressen!

Ilse. Und heirathen?

Fred. Vom Fleck weg!

Ilse (ihm die Backe klopfend). Schelm! (Indem sie ihm die Linke zum Kusse bietet.) Da hast Du die andere auch.

Fred (die Hand ergreifend, schlau). Weißt Du, was mir Dein Papa zum Willkomm versprochen?

Ilse (ihm die von ihm festgehaltene Hand an den Mund drückend). Pst! Du wirst keck.

Fred (nach dem Kusse stürmisch ihre Hand pressend). O, Ilse, Du hast Dich aber auch sehr zum Vortheil verändert.

Ilse. Und welchen Lieutenant glaubtest Du hier zu finden?

Fred. Nun, Lieutenant Holm, der bei Tante Alide wohnt.

Ilse
Gertrud } (lebhaft). Bei Tante Alide?

Fred (aufmerksam). Ja, was habt Ihr denn?

Ilse (mit verstellter Verwunderung). Da wohnt ein Lieutenant! Denke Dir, Gertrud —

Gertrud (ebenso). Ja, denke Dir, Ilse, da wohnt ein Lieutenant.

Fred. Mein bester Freund.

Ilse. Und der kommt her?

Fred. Herr Direktor hat es mir eben gesagt.

Ilse (breitet freudig die Arme aus). O, Fred!

Gertrud (Ilse am Kleid zupfend). Aber Ilse!

Ilse. Was willst Du, Gertrud, (indem sie Fred jetzt nur die Hand reicht) ich freue mich so, Ihn wiederzusehen.

Fred. O bitte, liebe Ilse, ganz meinerseits. (Küßt Ilse die Hand.)

10. Scene.

Vorige. Sophie. (Dann) Baumann.

Sophie (in der Mittelthür, mit aufgekrempelten Aermeln, ihre Arme an der Schürze trocknend, ärgerlich). Na, wenn Sie schon Angst vor meinen nassen Händen haben, dann geben Sie Ihre Geschichten doch selber ab.

Baumann (ein dünnes Quartheft ohne Umschlag [die Preisarbeit] in der Hand, beklommen). Aber —

Sophie. Ach, machen Sie nicht so viele Umstände. Die Fräuleins da drinnen beißen Sie nicht.

Gertrud. Was giebt's, Sophie? Was will der junge Mann?

Sophie. Es ist nur der Bursche von dem Herrn Lieutenant Holm.

Ilse (lebhaft, für sich). Von ihm?

Manuscript not for sale.

Sophie (fortfahrend). Er hat was für den Herrn Direktor abzuliefern. (Ab.)

Ilse (eilig zu Baumann, indem sie ihm das Heft abnimmt). Geben Sie her, ich bringe es dem Herrn Direktor.

Fred. Aber, Ilse!

Ilse (kokett). Es ist ja von Deinem Freund! (Rasch rechts ab.)

Fred (eilt Ilse nach, für sich, vergnügt). Wenn die nicht sterblich in mich verschossen ist, bin ich ein ganz dummer Kerl!

11. Scene.
Gertrud. Baumann.

Gertrud (will folgen, aber da sie Baumann unentschlossen dastehen sieht). Möchten Sie noch etwas?

Baumann. Ja, wenn Sie mir gewiß nicht zürnen wollen —

Gertrud. Nun?

Baumann. Herzlich zum Geburtstag gratuliren.

Gertrud (für sich). Aha, ein Wink durch die Blume. (Zieht die Börse.) Ich danke Ihnen! (Bietet ihm Geld an.) Da.

Baumann. O, bitte, mein Fräulein! Es war nicht so gemeint.

Gertrud. Versteht sich. Aber ich gebe es gern.

Baumann. Das thaten Sie immer.

Gertrud. Woher wissen Sie das?

Baumann. Wurde doch im Hause Ihrer verstorbenen Eltern kein Geburtstagskuchen angeschnitten, von dem Sie Olga und mir nicht das erste Stück gebracht hätten.

Gertrud (erschreckt). Wär's möglich, Paul? Sie sind Paul Baumann?

Baumann (freudig). Sie entsinnen sich meiner noch?

Gertrud (schmerzlich). O mein Gott, es ist also Alles wahr!

Baumann. Was denn, Fräulein Gertrud?

Gertrud. So, so tief sind Sie gesunken?!

Baumann (überrascht). Gesunken?

Gertrud. Und ich habe es nicht glauben wollen. Hier auf dieser Stelle habe ich Sie noch eben vertheidigt!

Baumann. Sie mich? O, das war gut, war edel von Ihnen.

Gertrud. Nein, voreilig war es! Und ich bereue es von ganzem Herzen.

Baumann. Erlauben Sie —

Gertrud. Nein, ich erlaube Ihnen nichts mehr. Ein Mensch, der sich zum Offiziersburschen hergiebt!

Baumann (der die Situation mehr und mehr von der komischen Seite nimmt). Das heißt —

Gertrud. O, ich weiß, was das heißt! Das heißt: Sie sind selbst zum Exerciren zu faul.

Baumann. Aber, mein Fräulein —

Gertrud. Das heißt: Sie haben jedes Fünkchen von Selbstachtung verloren.

Baumann. Da hört Alles auf!

Gertrud. Das heißt: Sie lieben nicht einmal mehr Ihre persönliche Freiheit.

Baumann (mit lustigem Humor). „Der Mensch ist nicht geboren, frei zu sein!"

Gertrud (empört). Wer sagt das?

Baumann. Goethe!

Gertrud (achselzuckend). Dann mag er's auch verantworten! Ich sage Ihnen aber: Sie hätten besser gethan, auch ferner stumm und unerkannt an mir vorüber zu gehen. Denn durch Sie habe ich zum ersten Male erfahren, daß man in seinem Glauben an einen Menschen irren kann. Und das thut weh.

Baumann (warm). O, Fräulein Gertrud!

Gertrud. Nein, kein Wort mehr! Denn daß Sie es nur wissen, ich schäme mich Ihrer für mich und den Paul Baumann, den ich einst gekannt habe!

Baumann (nach einer kleinen Pause, mit liebenswürdiger Ueberlegenheit). Sie haben Recht, mein Fräulein, meine unpassende Annäherung hat eine Strafe verdient. Ob Sie nicht aber dereinst bereuen werden, derselben eine so schroffe Form gegeben zu haben —

Gertrud (heftig). Niemals! Ich schwöre — nein, (achselzuckend) die Sache ist es ja gar nicht werth.

Baumann. Und für die Zukunft ist es vielleicht auch besser. Gleichviel, dem Paul Baumann von damals haben Sie unendlich wohl gethan.

Gertrud. O, bitte.

Baumann. Unbeabsichtigt! Versteht sich! Um so tiefer soll sich der Paul Baumann von heute demüthigen. Er bittet dieser Unterredung wegen um gnädige Verzeihung und nimmt die dreiste Veranlassung derselben, seinen Glückwunsch, hiermit unterthänigst zurück. (Mit einer tiefen Verbeugung durch die Mitte ab.)

Unverkäufliches Manuscript.

12. Scene.

Gertrud. (Dann) **Livonius**.

Gertrud. Er verspottet mich noch obendrein, er fühlt nicht, wie weh mir zu Muthe ist. Kein Zweifel, er ist durch und durch verdorben. (Wischt sich die Augen.)

Livonius (das Heft aufgeschlagen in der Hand, eilig von rechts). Wo ist er, Gertrud, wo ist der Schüler?

Gertrud. Welcher Schüler?

Livonius. Nun, auf den ich mich so sehr gefreut hatte, der mir das Heft hier von dem Lieutenant bringen sollte.

Gertrud. Das Heft? (Mit schmerzlicher Bitterkeit.) Das hat nur sein Bursche gebracht.

Livonius (enttäuscht). Ah, wie abscheulich! So — so schlecht Wort zu halten, Einem solche Enttäuschung zu bereiten, das ist geradezu ein Verbrechen.

Gertrud. Das sage ich auch, lieber Onkel! Ach, was man für traurige Erfahrungen macht, wenn man älter wird — (weinend) es ist zu schrecklich! (Rechts ab.)

Livonius (ihr nachrufend). Aber Gertrud, um Gotteswillen, das brauchst Du Dir doch nicht so zu Herzen zu nehmen! — Nein, hat das Kind ein Gemüth! —

13. Scene.

Livonius. (Dann) **Fred**.

Livonius. Nun jedenfalls will ich mich gleich an die Arbeit machen und das Ding da gründlich durchsehen.

Fred (eilig von rechts). Herr Direktor, Herr Direktor, ach bitte ein Wort.

Livonius. Nun, was giebt's denn? Ich bin etwas beschäftigt.

Fred. O, ich will mich kurz fassen. Aber werden Sie mir's auch nicht übel nehmen?

Livonius. Daß Sie sich kurz fassen? Bewahre!

Fred. Nein, was ich Ihnen zu sagen habe.

Livonius (ungeduldig). Zum Kukuk, so reden Sie doch.

Fred. Sie wissen, Ilse und ich sind doch gewissermaßen mit einander aufgewachsen. Das heißt, ich war immer etwas größer.

Livonius. Nun ja, dafür war sie immer etwas klüger.

Fred. Sehr richtig! Ja, sie hatte bei allem das Kommando. Sie war Kutscher — ich war immer das Pferd.

Livonius. Nun, daran scheint sich auch nichts geändert zu haben.

Fred. O doch, das ist es ja eben. Sie ist gar nicht wiederzuerkennen.

Livonius. Ist es möglich!

Fred. Ja, sie hat mir eben gesagt, die Erinnerung an mich hätte einen geradezu veredelnden Einfluß auf sie gehabt.

Livonius (für sich). Der Schelm!

Fred. Und da mein Onkel Mellenthien immer meinte, es wäre doch schade, wenn ich einmal nicht in der Familie bliebe — so — so — so möchte ich —

Livonius. Ihre Werbung um Gertrud zurückziehen?

Fred. Nun ja, gewissermaßen, das heißt, wenn Sie mir nicht allzu böse sind.

Livonius. I Gott bewahre, deßhalb schlafen Sie ruhig.

Fred. Die Sache thut mir ja Fräulein Gertrud's wegen außerordentlich leid und ich würde ja auch nichts sagen, wenn sie schon geschrieben hätte — aber so — sie würde ihr Glück doch auch gewiß nicht mit dem gebrochenen Herzen ihrer Freundin erkaufen wollen.

Livonius. Sie denken doch an Alles. Aber seien Sie unbesorgt, die Sache ist in Ordnung.

Fred. Und Sie sprechen nicht darüber?

Livonius. Ich werde mich hüten.

Fred. Herr Direktor, Sie sind ein Mann, vor dem ich Hochachtung habe.

Livonius. Gegenseitig, lieber Fred. Ich habe vor Ihnen auch allen Respekt. (Links ab.)

14. Scene.

Fred. (Dann) **Sophie** (und) **Holm.**

Fred. Famoser alter Herr; hätte mir keinen besseren Schwiegeronkel wünschen können. Freilich, ein Bischen mehr Umstände hätte er wohl machen können. Denn schließlich bleibt Fred Fock doch immer Fred Fock — und wenn selbst Ilse — (blickt in den Garten hinaus.) Wahrhaftig, da steht sie. Sie läßt mich gar nicht mehr aus den Augen. (Nickt ihr zu.) Entzückender Balg! Sie winkt mir — Wenn das der Lieutenant so mit ansehen könnte —

Manuscript not for sale.

Sophie (läßt Holm durch die Mitte ein). Der Herr Direktor ist im Garten. (Ab.)

Holm. Danke.

Fred. Ah, gerade recht, Lieutenant. Jetzt werden Sie keine Witze mehr machen. (Nach rechts hinausweisend.) Da sehen Sie schnell!

Holm (ohne sich zu beeilen). Was denn?

Fred. Nun ja, wenn Sie sich soviel Zeit lassen — Jetzt ist sie weg.

Holm. Wer?

Fred (stolz). Meine Zukünftige.

Holm. Ihre Zukünftige? Jetzt machen Sie Witze.

Fred. Gott bewahre! Da stand sie eben.

Holm (mit Humor). Schade, die hätte ich wohl einmal sehen mögen.

Fred (verletzt). Sie sagen das so — so gewissermaßen — Aber Sie sollen sich ärgern. Grün und gelb sollt Ihr Alle werden vor Neid, wenn ich zum ersten Mal mit ihr über die Promenade fahre.

Holm. Im Korbwagen?

Fred. Ja, lachen Sie nur; ich sage, wer zuletzt lacht —

Holm. Kenne ich denn die Glückliche?

Fred. Keine Idee. Sie ist gar nicht von hier.

Holm (für sich). Nun, weit wird sie jedenfalls auch nicht her sein.

Fred. Wie meinen Sie?

Holm. Ich meine, hoffentlich paßt sie zu Ihnen.

Fred. Großartig, sage ich Ihnen. Das heißt, ich habe sie gewissermaßen erst gebändigt.

Holm. Was Sie sagen?

Fred. Ja, es war keine Kleinigkeit. Aber jetzt ist sie zahm, ißt mir — so zu sagen — aus der Hand.

Ilse (von draußen). Fred, Fred!

Fred. Hören Sie? Das ist sie. (Blickt hinaus.) Wahrhaftig, sie kommt. Hält es gar nicht mehr aus ohne mich. Kolossale Leidenschaft! Aber, bitte, Discretion!

Holm. Versteht sich.

Fred. Die Sache ist doch noch nicht officiell.

15. Scene.
Vorige. Ilse.

Ilse (eilig von rechts). Lieber Fred — (Bei Holm's Anblick erschrocken stehen bleibend, für sich.) Ah! Er!
Holm (überrascht, für sich). Was seh' ich? Die Kleine von gestern! Und dieser Mensch? Ah, das ist ja nicht möglich.
Fred (leise zu Holm, triumphirend). Aha, Sie sind starr?
Holm (für sich). Das arme Ding!
Fred (sich Ilse nähernd). Nur näher, Ilse. Du siehst, ich bin hier.
Ilse (für sich). Im Wege, wie immer.
Holm (für sich). Die Geschichte muß einen Haken haben.
Fred (Ilse bei der Hand fassend). Mein Gott, so komm' doch. Vor dem brauchst Du Dich nicht zu geniren.
Holm (für sich). Schon Du und Du? Also wirklich verlobt.
Fred (Holm vorstellend). Na, das ist er, mein Freund, Du kennst ihn ja schon —
Holm (sich gegen Ilse verneigend, zögernd). In der That, mein gnädiges Fräulein —
Ilse (schnell). Das heißt, Fred hat mir von Ihnen erzählt.
Fred. Natürlich. Sonst hätte sie doch keine blasse Ahnung.
Holm (mit einem bedeutsamen Blick auf Ilse). Oh, ich verstehe. (Für sich.) Er soll nichts wissen.
Fred. Und nun, liebe Ilse, was war Dein Begehr?
Ilse (einen Augenblick unsicher). Mein Begehr? (Rasch gefaßt.) Ach so, ja — ich — ich wollte Dich um ein Glas Wasser bitten.
Fred. Wasser? Aber Ilse, Du bist so merkwürdig roth; ich fürchte wirklich, das könnte Dir schaden.
Ilse (kokett). Schaden? Wenn Du es holst?
Fred (ihre Hand ergreifend). O, Ilse! (Zu Holm.) Hm! hm!
Ilse. Je schneller Du gehst, desto mehr wird mir's nützen!
Fred (Ilse's Hand küssend). Du bist ein Engel! (Im Vorbeigehen leise zu Holm.) Sie ist zu verliebt.
Holm (für sich). Auf alle Fälle thut sie mir leid.

16. Scene.
Vorige. (Ohne) Fred.

Ilse (folgt Fred mit den Augen, bis er verschwunden ist, dann). Ich danke Ihnen, Herr Lieutenant, daß Sie mich so schnell verstanden haben.

Unverkäufliches Manuscript.

Holm. Wie konnte ich anders des Zufalls werth erscheinen, dem ich gestern eine so reizende Ueberraschung verdankte.

Ilse (verschämt). O, das sagen Sie nur, um meine Beschämung zu verringern. Aber nicht wahr, Fred braucht wirklich nichts davon zu wissen und wenn ich Ihnen den Vorfall erkläre —

Holm. O, bitte, mein Fräulein, erklären Sie nichts.

Ilse. Wie?

Holm. Wozu eine Begebenheit, die bereits der Vergangenheit angehört, Ihres geheimnißvollen Reizes entkleiden? So, darf ich immer noch an ein Wunder glauben, das ohne mein plumpes Hereintappen vielleicht noch fortbestände.

Ilse (für sich). Ach, wenn Gertrud das gehört hätte!

Holm. Sie wenden sich ab? Verzeihen Sie, gnädiges Fräulein! Ich hätte einen unerfüllbaren Wunsch auch nicht aussprechen sollen.

Ilse. Wissen Sie, was mein Papa immer sagt?

Holm. Nun?

Ilse. Einmal erfüllt sich Alles im Leben, wenn auch anders, als wir uns gedacht.

Holm (für sich, stutzig). Was ist das?

Ilse. Da sehen Sie Fred! Wer mir prophezeit hätte, ich würde ihn je mit einem freundlichen Auge ansehen! Und heute, wo er mir gesagt hat, daß — (Stockt plötzlich, erröthend.) Aber, mein Gott, das darf ich Ihnen doch nicht wiederholen —

Holm (für sich). Ah, ich verstehe, sein Heirathsantrag.

Ilse (kopfschüttelnd, halb für sich). O, es ist eigen, wodurch uns manchmal ein Mensch lieb werden kann. Wollen Sie mir's glauben? Es thut mir beinahe leid, daß ich ihn eben so hinters Licht führen mußte.

Holm (erstaunt). Hinter's Licht?

Ilse. Nun ja, mit dem Wasser. Ich wollte ihn ja nur weghaben.

Holm. Herrn Fock?

Ilse. Natürlich. Man muß sich doch zu helfen wissen, wenn man drei Jahre in der Pension gewesen ist.

Holm (immer sprachloser). Wär's möglich!

Ilse. Auf die Dauer wird das Mittel freilich nicht verfangen, und wir werden schon gemeinsam auf ein besseres denken müssen.

Holm. Erlauben Sie, gnädiges Fräulein —

Ilse. Alles was Sie wollen. Nur darf Fred unter keiner

Bedingung etwas von unserem Einverständniß merken. Er muß ganz ahnungslos mit seinem guten, dummen Gesicht dabeistehen, wenn wir ihm ein Schnippchen nach dem andern schlagen.

Holm. Gnädiges Fräulein, Herr Fred Fock nennt sich meinen Freund.

Ilse (übermüthig). Ah, Ihr Gewissen empört sich? Aber wie ich mich kenne, wird Ihnen das wenig bei mir helfen. Ich stelle Sie einfach vor die Frage: Er oder ich. (Leise.) Still, da ist er.

Holm (für sich). Das sind ja bodenlose Grundsätze.

17. Scene.

Vorige. Fred.

Fred (in der Hand einen Teller, darauf ein Glas Wasser, durch die Mitte). Liebste Ilse, wenn es gefällig ist. (Streckt mit der linken Hand Ilse das Glas entgegen, leise nach rechts zu Holm.) Was habe ich gesagt? Aus der Hand!

Holm (für sich). Der arme Junge! Wenn der wüßte! Und ich habe Sie beklagt.

Ilse (nachdem sie gekostet). Puh! das ist ja warm.

Fred. Frisch aus der Wasserleitung.

Ilse. Das ist nicht möglich, Fred!

Fred. Ich versichere Dich. (Spricht leise und lebhaft weiter.)

Ilse (bittend seine Wange streichelnd, blickt lächelnd zu Holm hinüber).

Holm (für sich). So jung, so reizend und — schon so verdorben! Es ist nicht zu glauben, an der ganzen Menschheit müßte man irre werden. Und doch, wie vertraulich sie mit einander sind, sie cajolirt ihn ja förmlich. Und dabei diese koketten Blicke zu mir. Kein Zweifel, das ist ein kleiner Abgrund, für dieses Räthsel giebt es keine andere Lösung.

Ilse (laut). Gut, gut, der Herr Lieutenant soll entscheiden.

Fred. Aber Ilse —

Ilse. Der soll Dich Ritterpflicht lehren. (Zu Holm.) Denken Sie, er will durchaus nicht wieder gehn.

Holm (über Ilse empört, sich vergessend). Da hört Alles auf!

Ilse (zu Fred). Siehst Du, da hört Alles auf. (Ihm das Glas aufdrängend.) Also schnell ein Glas Wasser aus dem Brunnen im Garten.

Fred. Aber Ilse, da kommt ja nie etwas heraus.

Ilse. O doch, Du hast nur keine Geduld beim Pumpen.

Manu-cript not for sale.

Fred. Was? Ich keine Geduld beim Pumpen? (Mit Humor.) Lieutenant jetzt berufe ich mich aber auch auf Sie. (Rechts ab.)

18. Scene.
Holm. Ilse.

Ilse. Und nun schnell, ehe er uns noch einmal überrascht, zu meinem Geständniß —

Holm (unruhig). Mein Fräulein —

Ilse. Ja, ja, ich habe Ihnen eines zu machen und das mir sehr schwer wird. Fred hat mich zwar eben vor allen Offizieren gewarnt und vor Ihnen im Besondern —

Holm (bitter). Sie gewarnt!

Ilse. Ja, haben Sie nicht bemerkt, wie ich dazu gelacht habe? Sie sahen mich ja gerade an.

Holm. So, so, da lachten Sie —

Ilse. Weil ich Sie weit besser kenne! Wer so zart, so innig empfindet, wie Sie —

Holm. Mein Fräulein, ich begreife nicht —

Ilse. Woher ich das wissen will?

Holm. In der That.

Ilse. Sie haben es mir selbst gesagt.

Holm. Ich?

Ilse. Ja, Sie.

Holm. Sie belieben zu scherzen.

Ilse. Keineswegs. (Schelmisch.) Ja, ja, das kommt davon wenn man ein Poet ist.

Holm (verwirrt). Ich ein Poet?

Ilse. Was erschreckt Sie dabei?

Holm (unruhig). Mir scheint, man kann sich doch kaum etwas Bedenklicheres vorstellen, als einen poetischen Lieutenant.

Ilse. O doch, etwa ein junges Mädchen, das unvorsichtig an den Schreibtisch eines solchen geräth und im ersten Schreck des Ueberraschtwerdens seiner unverzeihlichen Indiscretion auch noch den Diebstahl eines reizenden Gedichtchens hinzufügt. (Das Blatt aus der Tasche ziehend, schelmisch.) Da ist es.

Holm (für sich). Donnerwetter, das hatte ich vergessen —

Ilse. Ich habe diese entsetzliche Entdeckung freilich erst am Ende meiner Flucht gemacht.

Holm (achselzuckend). Entsetzlich allerdings, Verse bei denen man einschläft.

Ilse. O, so habe ich es nicht gemeint. Und zum Beweise für das Gegentheil, erbitte ich mir von Ihnen die Erlaubniß, diese — „Frage an das Schicksal" behalten zu dürfen.

Holm (für sich). Und wohl gar zu beantworten? Jetzt heißt es aber energisch abwinken.

Ilse. Sie zögern, Herr Lieutenant. War ich zu dreist?

Holm (kurz). O, nicht doch, mein Fräulein, ich bedaure nur, Ihren Wunsch nicht erfüllen zu können.

Ilse (erschrocken). Und warum, wenn ich fragen darf?

Holm. Weil — Mein Gott, dergleichen Verse haben eben nur einen Zweck.

Ilse. Und der wäre?

Holm. Zerrissen in den Papierkorb zu fallen.

Ilse. Um so schmeichelhafter sollte Ihnen meine Bitte erscheinen.

Holm. Gewiß, mein Fräulein, aber ich ziehe dem Schmeichelhaften stets das Wahre vor.

Ilse. Und wenn ich Sie darauf aufmerksam mache, daß die Erfüllung meines Wunsches das einzige Mittel ist, meine Indiscretion gegen Sie in etwas zu mildern?

Holm. Auch dann!

Ilse (heftig). Herr Lieutenant!

Holm. Beruhigen Sie sich, mein Fräulein. Ich erscheine Ihnen unbotmäßig nur, weil mein Gehorsam Ihre Befehle bereits **überflügelt** hat. Sie hießen mich vorhin den gestrigen Vorfall **verschweigen**. Ich habe mehr gethan. Ich habe ihn **vergessen** und so gut, daß ich mich schon jetzt einer Indiscretion Ihrerseits beim besten Willen nicht mehr erinnern kann.

Ilse (fassungslos, für sich). Ah, das ist empörend.

19. Scene.

Vorige. Fred. (Dann) **Livonius**.

Fred (athemlos, sich die Stirn wischend, von rechts). Ilse, jetzt ist es aber mit meiner Geduld zu Ende!

Ilse (empört). O, mit meiner auch! (Zerreißt das Gedicht, wirft es hin und will an Fred vorbei in den Garten.)

Fred (höchst verwundert, will sie aufhalten). Aber Ilse —

Ilse. Laß' mich, Du bist ein Narr! (Hastig rechts ab.)

Fred (höchst erstaunt). Ja, was haben Sie meiner Cousine denn gethan?

Holm (dem Alles klar wird, höchst erschrocken). Ihre Cousine?! (Schlägt sich mit der Hand vor die Stirn.) O, ich —

Livonius (die Preisschrift in der Hand, tritt eilig hinter Holm von links ein). Ah, Herr Lieutenant! Nun werde ich ja endlich erfahren. (Auf das Heft deutend.) Wer ist es also, wer, wer?

Holm (noch immer außer sich). Seine Cousine ist es, seine Cousine! (Rennt durch die Mitte ab.)

Livonius (schaut erst erstaunt in das Heft, dann Holm nach). Was?

(Während Livonius und Fred vergeblich den Zusammenhang zu begreifen suchen,

fällt der Vorhang.)

Zweiter Akt.

(Gartenzimmer bei Alide Friedeck. In der Mitte zwischen zwei Blumentischen eine offene Glasthür, die in den Garten führt. Rechts und links je eine Thür. Im Vordergrunde links ein Kamin. Möbel reich und mit Geschmack geordnet).

1. Scene.
Ilse. Gertrud.

Gertrud (will durch die Mitte ab). Aber Ilse!

Ilse (steht, den Rücken gegen die Mittelthür gewendet, mit ausgebreiteten Armen. Heftig). Nein Gertrud, ich lasse Dich nicht hinaus.

Gertrud (eifrig). Ich hab's aber versprochen. Brigitte erwartet mich.

Ilse. Das thut Brigitte nicht, Tante hat sie eben in meiner Gegenwart zur Post geschickt.

Gertrud. Gut, so begleite ich sie und unterwegs —

Ilse (Gertrud bei der Hand fassend und in den Vordergrund führend). Aber Gertrud, Gertrud — hast Du denn gar kein Gefühl für meine Empörung!

Gertrud (ängstlich). Gewiß. Aber — (nach links deutend) da geht's über den Flur nach der Wohnung des Lieutenants.

Ilse (dahin drohend). Des Abscheulichen! Aber er ist ja jetzt im Dienst.

Gertrud. Aber Paul Baumann nicht. Und wenn ich dem hier begegnete, es wäre mein Tod.

Ilse (leidenschaftlich). O Gertrud, gieb mir ein Mittel, mich an diesem Menschen zu rächen oder ich vergehe vor Scham!

Gertrud. Ja, warum hast Du den armen Fred vorhin auch so schnell davongejagt.

Ilse. Kam er mir nicht wieder mit dem versprochenen Kuß? Er war gar so unverschämt, mich heirathen zu wollen.

Manuscript not for sale.

Gertrud. Aber wir hätten von ihm vielleicht einen Fingerzeig, der des Lieutenants Handlungsweise erklärte.

Ilse (auflammend). Er hat mich beleidigt! Kann das eine Erklärung ändern?

Gertrud. Ilse, Ilse, beruhige Dich. Du wirst das Uebel nur noch schlimmer machen.

Ilse (leidenschaftlich). Was frage ich darnach, wenn ich ihn nur demüthigen könnte, wenn er vor mir so dastehen müßte, wie ich jetzt vor ihm.

2. Scene.

Vorige. Mellenthien. Alide.

Mellenthien (in heftigem Streit mit Alide, noch draußen). Und ich sage Ihnen, mein Kind ist mein Kind (erscheint in der offenen Mittelthür) und dessen Schicksal bestimme ich selbst.

Ilse (Mellenthien entgegeneilend). Papa, o mein lieber Papa!

Mellenthien (schließt sie in seine Arme). Meine Ilse! Warte nur, mich so zu ängstigen.

Ilse. Ja, Papa, ich bin das undankbarste, das schlechteste Kind auf der Welt. Aber wenn Du wüßtest, (leidenschaftlich) wie sehr ich mich selbst hasse, für diesen unseligen Ritt hierher! (Verbirgt ihr Köpfchen an seiner Brust.)

Mellenthien (indem er liebkosend ihre Locken streichelt). Nun, nun, Du bist ja heil und ganz geblieben. (Zu Gertrud.) Guten Tag, Gertrud — ich hab's gleich bei Ihrem Onkel erfahren — (wieder zu Ilse) und da habe ich im Stillen Gott gedankt, daß er meinen Wunsch, Dich einen Jungen werden zu lassen, nicht erfüllt hat. Da hättest Du mir's am Ende noch toller getrieben.

Ilse (beschämt). O, Du bist gut und immer wieder gut! Aber von heute ab — hier Tante und Gertrud sind meine Zeugen — von heute ab — ich gelobe Dir's heilig und fest — nicht ein einziges Mal mehr werde ich Dir widersprechen.

Mellenthien (sie wieder an sich ziehend und küssend). Meine Ilse! (Zu Alide). Na, ist das ein Kind? Sind Sie nun beschämt?

Alide. Noch nicht.

Mellenthien (ingrimmig). Natürlich, wenn Sie nicht auf den schwachen Vater schelten können, ist Ihnen nicht wohl. (Zu Ilse). Na, sei nur ruhig, mein Kind. Ich habe eine Ueberraschung für Dich, die gleich wieder schön Wetter machen soll.

Komm mit hinüber in die Ressource, da hat sich uns eben ein Besuch anmelden lassen.

Ilse. Ein Besuch?

Mellenthien (zu Alide). Was sie für Augen macht! (Zu Ilse). Weißt Du, wessen Karte wir bei unserer Rückkehr in Mellenthien vorfanden? (Zu Alide.) Ein halbes Jahr hat sie dagelegen, weil ich inzwischen die lange Landtagssitzung und die beiden Reisen nach England und zu Ilse in die Schweiz absolviren mußte. (Zu Ilse.) Weißt Du, wer sie zurückgelassen?

Ilse. Wie soll ich? Du thatest ja so geheimnißvoll damit.

Mellenthien. Nun freilich. Aber, daß es sich um einen sehr liebenswürdigen jungen Herrn handelte, den ich im vorigen Winter auf den Jagden meines alten Freundes im Grunewald kennen gelernt, das habe ich Dir doch gesagt?

Ilse. Allerdings, aber —

Mellenthien. Nun, denke Dir, der junge Mann ist Offizier und während meiner Abwesenheit ganz unerwartet hierher versetzt worden.

Ilse.
Gertrud. } Ah!

Mellenthien. Bei wem konnte ich mich also bequemer nach einem gewissen Jemand erkundigen — als bei ihm?

Ilse (ängstlich). Du hättest bereits?

Mellenthien. Noch nicht. Ich traf meinen jungen Freund ja leider nicht daheim. Aber schon seine Wohnung hat mir einen bedeutungsvollen Wink gegeben.

Gertrud
Ilse } (verwundert). Seine Wohnung?

Mellenthien. Ich war darin ohne von Tantens plötzlicher Rückkehr eine Ahnung zu haben, sonst hätte ich ihm den Weg in die Ressource erspart.

Gertrud. Das heißt?
Ilse. Wieso?

Mellenthien. Mein Gott, ich brauchte nur bei der Tante zu bleiben, dann hätte ich ihn getroffen, wenn er — nach Hause kam.

Ilse.
Gertrud. } Lieutenant Holm?

Mellenthien. Kommt Ihr endlich dahinter? Na, ich habe der Tante schon Alles erzählt, die Sache ist in Ordnung. Er wird mein Schwiegersohn.

Unverkäufliches Manuscript.

O dieser Papa!

Ilse (schnell). Nie, niemals!

Mellenthien (höchst erstaunt). Was?

Alide. Da haben wir's.

Ilse. Das ist ein abscheulicher Mensch, ich hasse, ich verabscheue ihn.

Mellenthien. Ja, seit wann denn?

Ilse. O immer, immer, seit dem ersten Blick!

Mellenthien. Aber Ilse —

Ilse. Kein Wort mehr. Papa, wenn Du mich nur, so viel lieb hast, so läßt Du augenblicklich anspannen und wir fahren nach Hause.

Mellenthien. Aber das wäre ja geradezu eine Beleidigung für meinen Freund.

Ilse. Um so besser. O, der Boden brennt mir unter den Füßen. Ich bitte Dich fort, fort!

Mellenthien. Und Dein Versprechen?

Ilse. Welches Versprechen?

Mellenthien. Mir in Zukunft immer gehorsam zu sein?

Ilse. Das werde ich auch in Zukunft halten. Aber jetzt müssen wir fort. Und ich sage Dir, wenn Du nicht augenblicklich anspannen läßt, so gehe ich, wie ich hier bin, zu Fuß nach Mellenthien oder — ich lasse mir den Blitz wieder satteln. Du kennst mich! (Schnell ab durch die Mitte.)

Mellenthien (erschrocken). Um Gotteswillen, Ilse! Ilse! Laufen Sie ihr nach, Gertrud! Ich kann ja nicht so schnell. Ich werde Alles thun, was sie will, nur nicht noch einmal diese Todesangst.

Gertrud (folgt Ilse).

3. Scene.

Alide. Mellenthien.

Alide (geht zu Mellenthien und reicht ihm verständnißinnig die Hand).

Mellenthien (ärgerlich). Na, was wollen Sie denn?

Alide (treuherzig). Gratulieren, lieber Schwager. Jetzt bin ich beschämt.

Mellenthien (ihr seine Hand entreißend). Natürlich! Ich wußte es ja, daß Sie wieder eine Bosheit auf der Zunge hatten. Wollen Sie mir nicht lieber gleich wieder Ihre gütige Unterstützung anbieten, ohne die ich Ihrer Meinung nach mit Ilses Eigensinn ja nicht fertig werden soll?

Alide. Fällt mir garnicht ein.

Mellenthien. Und warum seit zehn Jahren diese erste versäumte Gelegenheit?

Alide. Weil ich die Dinge, Dank Ihrer vortrefflichen Erziehung, so weit gediegen finde, daß Sie mich in allernächster Zeit selbst darum bitten werden.

Mellenthien. Hahaha!

Alide. Und ganz demüthig obendrein.

Mellenthien. Wenn Sie das erleben, können Sie mich nennen wie Sie wollen.

Alide. Sie vergessen, daß mir die Thatsachen schon heute Recht gegeben haben —

Mellenthien (immer hitziger). Wie Sie wollen, können Sie mich nennen.

Alide. Und daß Sie sich — wäre mein Miether nicht glücklicherweise im Dienst gewesen — für Ihre Nachgiebigkeit gegen Ilses leichtsinnige Zukunftswünsche, schon gründlich vor dem jungen Manne blamirt haben könnten.

Mellenthien. Leichtsinnige Zukunftswünsche? Ich sage Ihnen, das Kind hat bei ihrer Wahl eine Menschenkenntniß an den Tag gelegt, großartig.

Alide. Ja, wenn Sie von der Wahl ihres Vaters sprechen —

Mellenthien. Nein, ich spreche von dem Lieutenant. Schon damals habe ich ihn mir immer so von der Seite angesehn, ob er nicht wie für das Mädel geschaffen wäre.

Alide. Das heißt, ob er ein Fünftel so in Ilse verliebt und zehn Mal so energisch wäre, wie ihr Vater. Ja, darauf will ich ihn mir auch einmal ansehen.

Mellenthien (in höchstem Aerger, bissig). Natürlich! Wirf die Katze wie Du willst, sie fällt immer auf die Füße.

Alide (halb verletzt, halb lachend). Mellenthien!

Mellenthien. Ach was, ich habe Ihre Nörgeleien satt. Was ist denn schließlich an diesem plötzlichen Widerspruch meines Kindes Schuld?

Alide. Ja, das ist ja eben die Frage. Und da es sich dabei ohne Zweifel um eine Frauenzimmergeschichte handelt, von der Sie absolut nichts verstehen —

Mellenthien (ironisch). Meinen Sie? Nun denn, zu Ihrer Beruhigung: Es hat Ilse einfach verdrossen, daß ich ihr Herzensgeheimniß so ohne Weiteres vor Ihnen ausgekramt habe.

Manuscript not for sale.

Alide (lacht). Was Sie sagen?

Mellenthien (lebhaft fortfahrend). Und darin hat sie auch vollkommen Recht. Ich habe eine Tactlosigkeit begangen, die mich an Ilses Stelle noch ganz anders aufgebracht hätte.

Alide (ironisch).. Dann ist Ilses Heftigkeit am Ende ganz in der Ordnung?

Mellenthien. Wenigstens begreife ich sie vollkommen.

Alide (ihm auf die Schulter klopfend). Und ich, was Sie da vorhin von der Katze sagten.

Mellenthien. Ja, ja, ja, verlassen Sie sich darauf, ehe es zur Abfahrt kommt, überlegt sie sich ihre Weigerung noch.

Alide. Nun, wir werden ja sehen, wer Recht behält.

Mellenthien. Seien Sie unbesorgt, ich! Adieu. (Geht.)

Alide. Mellenthien!

Mellenthien. He?

Alide. Sie gestatten doch, daß ich einstweilen darüber nachdenke, wie ich Sie nennen werde?

Mellenthien (ärgerlich). Ach, lassen Sie mich — (Durch die Mitte ab.)

Alide. Seien Sie auch unbesorgt, ich werde höflich bleiben.

4. Scene.

Alide. Brigitte. (Dann) Holm.

Alide (zu Brigitte, die von rechts eingetreten ist). Nun, Brigitte, die Post besorgt?

Brigitte. Ach herrjeh, die habe ich ganz vergessen.

Alide. Schon wieder? (Mit dem Finger drohend.) Brigitte, Brigitte! Seit die Soldaten im Hause sind, ist es nicht richtig mit Dir.

Brigitte. Um Gotteswillen, Frau, fangen Sie nicht auch noch so an wie der Herr Direktor —

Alide. Nimm Dich in Acht, Alter schützt vor Thorheit nicht.

Holm (von links, beim Anblick Alidens) Verzeihung, gnädige Frau, ich wußte nicht —

Alide. Ohne Umstände, Herr Lieutenant; wer den Garten miethet, hat auch ein Recht auf diesen Durchgang. Vielleicht machen wir eine gemeinschaftliche Promenade. Ich sollte so wie so noch für die Kürze Ihres heutigen Besuches entschädigt werden.

Holm. Zu gütig, gnädige Frau. Und ich wäre wahrlich

unbescheiden genug, Ihre Zuvorkommenheit ohne Weiteres an=
zunehmen, würde ich nicht in diesem Augenblick (in den Garten
hinausdeutend) in der Ressource erwartet.
 Alide. Von meinem Schwager Mellenthien. Ich weiß.
 Holm (freudig erstaunt). Sie wären?
 Alide (schelmisch). Die Tante seiner Tochter.
 Holm (schnell). O, gnädige Frau, dann sind Sie mir vom
Himmel gesendet und ich flüchte mich mit meiner ganzen Ge=
wissensangst und Verzweiflung unter Ihre schützenden Schwingen.
 Alide. Flüchten, Herr Lieutenant? Ein Soldat mit dem
Degen an der Seite —
 Holm. Ach Du lieber Gott, meine Gnädigste, den kann
ich in diesem Falle höchstens zum Salutiren brauchen, wenn ich
ihn nicht gar auf Gnade und Ungnade strecken muß.
 Alide. Nicht möglich!
 Holm. Ja, gnädige Frau, es spricht nicht eben für die
Bedeutung dieses Kopfes, aber er steckt in einer Schlinge, die
einzig eine feine Frauenhand zu lösen vermag! Darf ich dem
Wink des Zufalls trauen, dem Dichter, der so trostreich singt:
„Wenn Du noch eine Tante hast"?
 Alide. Erlauben Sie, Herr Lieutenant, die Tante ist aber
nicht Ihre Tante.
 Holm. Das ist für mich nur eine Frage der Zeit.
 Alide (indem sie Holm andeutet, ihr in den Garten voranzu=
gehen). Ich folge sogleich. (Holm ab.)
 Alide (zu Brigitte). Was meinst Du, Brigitte, hat der
Energie? Wenn's mit dem Herzen nicht schlechter steht, dann
habe ich meinen Mann gefunden. (Folgt Holm.)
 Brigitte (sprachlos). Ihren Mann gefunden? Da hört's
aber auf! Und mich will sie vor Thorheit schützen. —

5. Scene.

Brigitte. Baumann. (Dann) Gertrud.

 Baumann (von links mit einem Arm voll Reisig). Na, Brigitte,
werden Sie mir böse sein, daß ich den Schaden hier kuriert habe?
 Brigitte. Welchen Schaden, Herr Baumann?
 Baumann. Nun, in dem Kamin. Ich habe die beiden
herausgefallenen Steine heute früh mit etwas Lehm festgelegt,
mittlerweile ist die Geschichte ausgetrocknet und nun sollen Sie
einmal etwas von Zug erleben. (Kniet vor dem Kamin nieder und
schichtet darin das Reisig.)

Unverkäufliches Manuscript.

Brigitte. Nein, was Sie Alles können! (Seufzend.) Ich sage es ja, es ist —

Baumann (ihr in's Wort fallend). Schade um mich, ich weiß schon. Aber seien Sie nur unbesorgt, wenn mir das glückt, was ich jetzt heimlich vorhabe —

Brigitte (ängstlich). Lassen Sie mich mit Ihren Heimlichkeiten zufrieden! Denken Sie lieber an das fromme Lied:
O junges Blut acht' Deiner Bahn,
Auf Dich hat Satan seinen Zahn.

Baumann (indem er das Reisig mit einem Streichholz anzündet). Ach, Unsinn, Brigitte, den hat er sich ja längst ausgebissen.

Gertrud (vorsichtig durch die Mitte, ohne Baumann zu sehen). Ah, Brigitte, finde ich Dich endlich —

{ Baumann (für sich). Gertrud!
{ Brigitte (winkt ihr zurück). Pst! Pst!

Gertrud. Was hast Du denn? Der abscheuliche Mensch, der Baumann, ist ja nicht —

Baumann (laut, mit Beziehung). Es brennt!

Gertrud (schreit erschrocken auf). Ah!

Baumann (aufstehend). Bitte, mein Fräulein, nur hier im Kamin. Es lag durchaus nicht in meiner Absicht eine mir vollkommen fremde Dame zu erschrecken. (Mit einer Verbeugung ab.)

9. Scene.
Vorige (ohne) Baumann.

Gertrud. Schon wieder dieser Spott! (Schnell zu Brigitte.) Du hast ihm doch nicht gesagt, daß ich mich nach ihm erkundigt habe? Ich will ihn nicht mehr kennen, den verlorenen Menschen!

Brigitte (erschreckt). Verloren? Ja, weißt Du denn auch?

Gertrud (schmerzlich). O Alles, Alles weiß ich!

Brigitte (hastig). Nicht von mir. Gott im Himmel ist mein Zeuge! Meine Hand ist rein, wenn er in's Zuchthaus kommt.

Gertrud (erschrocken). Brigitte! (Wieder besonnen.) Was fällt Dir ein? So schlimm steht es doch noch nicht.

Brigitte. Nicht? (Mit feierlichem Schauer.) Ich sage Dir, jeden Augenblick können sie kommen und ihn in Ketten und Banden vor's Reichsgericht schleppen, wie damals die Andern, von denen alle Zeitungen voll waren.

Gertrud. Welche Andern?

Brigitte. Nun, die hohen Verräther, die immer Abschriften

von den deutschen Soldatengeheimnissen an die Franzosen verkauft haben.

Gertrud (immer gespannter). Aber Baumann?

Brigitte. Ist ja so Einer!

Gertrud (aufschreiend). Ein Landesverräther?

Brigitte. Ich denke, Du weißt es?

Gertrud. Keine Silbe.

Brigitte (erschrocken). Allmächtiger, was habe ich gethan!

7. Scene.

Vorige. Ilse.

Ilse (hastig durch die Mitte). Gertrud, er ist gefangen!

Brigitte }
Gertrud } (aufschreiend). Baumann?!

Ilse. Ach was, Baumann! — Der Lieutenant.

{ Gertrud (aufathmend). Gott sei Dank!
{ Brigitte (ebenso). Und ich meinte schon —

Ilse. Siehst Du, in diesen Händen halte ich ihn und will mich rächen, rächen — (Gertrud umarmend). O, Gertrud, Du glaubst nicht, wie glücklich ich bin. (Küßt sie.)

Gertrud. Aber so sage doch —

Ilse. Ich sehe ihn eben mit der Tante im Gespräch daherkommen. Um ihm nicht begegnen zu müssen, schlüpfe ich geschwind hinter den nächsten Busch. Da bleiben sie plötzlich vor demselben stehen —

Gertrud. Du hörtest, was er sagte?

Ilse. Alles. Das (achselzuckend) „kleine Fräulein" —

Gertrud. Damit meinte er Dich?

Ilse (empört). Natürlich! Das kleine Fräulein brauche ja überhaupt nichts von der wahren Ursache seines Benehmens zu erfahren —

Gertrud. Ah!

Ilse. Wenn Tante mir die Sache einfach als Mißverständniß darstelle, bedürfe es für ihn nur einer passenden Gelegenheit, um mir das allerliebste Köpfchen ohne viele Hexerei —

Gertrud (schnell). Zurechtzusetzen?

Ilse. Das habe ich gar nicht mehr gehört. Mein Entschluß war schon gefaßt. Leih' mir einmal Deine Handschuhe.

Gertrud (verwundert). Meine Handschuhe?

Ilse. Ja, rasch, rasch.

Manuscript not for sale.

Gertrud (indem sie ihr die Handschuhe zögernd giebt). Was willst Du damit?

Ilse (nimmt die Handschuhe). Das wirst Du schon sehen — (wirft einen davon haftig zur Erde. [Rechte Seite.])

Gertrud (indem sie sich nach dem Handschuh bückt, verletzt). Aber Ilse!

Ilse (Gertrud zurückhaltend). Still, laß ihn! Von meinen liegt einer schon unter der großen Linde, der andere bei der grünen Bank; jetzt werfe ich (Gertruds andern Handschuh emporhaltend) diesen noch geschwind in's Gartenhaus und (triumphirend) dann, dann — O, er soll sich wundern!

Gertrud (gespannt). Er?

Ilse. Ja, begreifst Du denn nicht? Das „kleine Fräulein", will ihm selbst die erwünschte Gelegenheit geben; heute hier, gleich auf der Stelle —

Gertrud. Ilse!

Ilse. Mag er sich wenden wohin er will, er soll mir begegnen — wie ich meinen Handschuh suche! (Will ab.)

Gertrud. Und Dein Vater, der anspannen läßt?

Ilse (zurückkommend). Ja recht, gleich hätte ich die Hauptsache vergessen. Schnell nach Hause Gertrud und Deine Sachen gepackt.

Gertrud. So soll ich wirklich mit nach Mellenthien?

Ilse. Versteht sich. Laß Deinen Koffer aber gleich zum Wagen tragen und dem Kutscher sagen, daß er hier vorfährt. Vergiß nicht hier — darauf kommt Alles an. (Schnell ab durch die Mitte.)

8. Scene.

Vorige (ohne) Ilse.

Brigitte. Mein Gott, was wird das werden?

Gertrud. Was kümmert das uns Brigitte? Von Baumann sprich, von dem unseligen Menschen. O mein Gott, Dein Verdacht ist zu entsetzlich, als daß er nicht falsch sein sollte.

Brigitte. Falsch? Wo der Baumann sich immer gleich an den Schreibtisch macht, heimlich alle Papiere durchstöbert, alle Bücher abschreibt, wenn der Lieutenant kaum den Rücken wendet?

Gertrud. Das hast Du gesehen?

Brigitte. Durch die Thürspalte, denn er treibt seine Verbrechen ja hinter Schloß und Riegel. (Mit heimlicherem Tone.)

Neulich will ich ihn um eine Gefälligkeit bitten. Ich klopfe an. „Gleich" flüstert er ganz aufgeregt, „sowie ich mit diesem Winkel fertig bin". Wollte er mir weißmachen, er brächte einen Winkel in Ordnung und ich sah ihn doch deutlich wieder am Schreibtisch kramen.

Gertrud (angstvoll). O mein Gott, wenn es möglich wäre —

Brigitte (eifrig). Es ist gewiß. Hat der Lieutenant es nicht heute Morgen selbst gesagt, daß sie schon wieder einem Verräther auf der Spur sind?

Gertrud. Ja, das ist wahr!

Brigitte. Wenn der eine Ahnung hätte, daß sein eigener Bursche für die Franzosen spionirt —

Gertrud. Brigitte, Brigitte, Du weißt nicht was Du sprichst —

Brigitte (immer geheimnißvoller). Heute war wieder die ganze Nacht Licht in seiner Kammer und als ich mich ganz heimlich und auf Strümpfen hinschleiche —

9. Scene.
Vorige. Fred.

Fred (der durch die Mitte eingetreten ist). Holten Sie sich einen Schnupfen?

{ Brigitte (schreit entsetzt auf). Ah!
{ Gertrud (schreit erschrocken auf). Ah! (Tonlos.) Fred!

Fred (aufmerksam). Ja, was haben Sie denn?

Gertrud (verlegen). Mein Gott, Sie kamen so unerwartet.

Fred. Und da schreien Sie so?

Gertrud (wie oben). Das heißt —

Fred (dringender). Ja, Sie haben geschrieen, Fräulein Gertrud. Warum haben Sie geschrieen?

Gertrud. Mein Gott, welche Frage —

Fred. Und nun werden Sie auf einmal ganz blaß?

Gertrud (ängstlich). Ich? Bewahre!

Fred. Nein, jetzt wieder roth.

Gertrud. Was fällt Ihnen ein?

Fred. Immer röther!

Gertrud (bedeckt ihre Wangen mit den Händen). Es ist nicht wahr!

Fred (triumphirend). O doch, Fräulein Gertrud! Sie wechseln die Farbe, ich weiß genug! Ich weiß Alles!

Unverkäufliches Manuscript.

Brigitte (in höchster Angst). Um Gotteswillen, Herr Fock, Sie werden doch nichts weitersagen —

Fred. Natürlich, Brigitte, und Sie müssen mir's bezeugen.

Brigitte (schreit auf). Nein, Herr Fock.

Fred. Was?

Brigitte. Nein, ich bezeuge nichts. Lieber lasse ich mich selbst todtschlagen, als daß ich einen Menschen in's Unglück stürzte. (Links ab.)

Fred (starr). In's Unglück? Was, bei meinem Vermögen? Ich glaube, die Alte ist übergeschnappt! Na, Tante soll sie schon zum Reden bringen. Gott sei Dank, Fräulein Gertrud, daß Sie anders denken. (Will ihre Hand fassen.)

Gertrud (tritt zurück, ängstlich). Ich? Mein Gott, was wollen Sie denn eigentlich — (die Hände auf die Brust pressend). O, wie mir das Herz klopft!

Fred (selig). Auch das noch. Es stimmt Alles. (Zu Gertrud.) Sie sind ein Engel, Fräulein Gertrud. Aber bitte, bemühen Sie sich nun nicht weiter. Ich denke, das muß ja dem Onkel genügen —

Gertrud (die zufällig in den Garten hinausgesehen hat). Himmel, da kommt er schon wieder zurück.

Fred. Wer?

Gertrud. Baumann.

Fred. Baumann?

Gertrud. Ja, lassen Sie mich —

Fred. Wer ist Baumann?

Gertrud. Ein Mensch — o Gott — ein entsetzlicher Mensch. Ich verabscheue ihn, ich kann ihn nicht sehen! (Ab nach links.)

Fred (will ihr nach). Aber Fräulein Gertrud, so bleiben Sie doch, alle Baumänner der Welt halte ich Ihnen vom Leibe —

10. Scene.

Fred. Holm. Baumann.

Holm (mit Baumann von rechts in der Mittelthür erschienen, verabschiedet diesen und tritt ein). Halt, lieber Freund, Sie kommen mir gerade recht.

Fred. Um Gotteswillen, lassen Sie mich los, Lieutenant. Mein Lebensglück steht auf dem Spiele. Ich bin eben im Begriff, mich zu verloben —

Holm. Unterstehen Sie sich — Ich schneide Ihnen beide Ohren ab.

Fred (greift nach seinen Ohren). Erlauben Sie —

Holm. Sie sollen Ihre Cousine nicht noch einmal mit solchen Dummheiten compromittiren.

Fred. Wer spricht denn von meiner Cousine? Der habe ich den Laufpaß gegeben.

Holm (lachend). Wie?

Fred. Ja, sie soll sich ärgern! Ich nehme Gertrud.

Holm. Nicht möglich! Ich habe allerdings heute Morgen bemerkt, daß das Fräulein eine heimliche Neigung im Herzen trägt —

Fred. Sehen Sie wohl?

Holm. Aber der Gegenstand —

Fred. Bin ich. Versteht sich. Ja, ich habe eben sprechende Beweise dafür erhalten — schreiende, wenn Sie wollen.

Holm. Nun, dann gratuliere ich.

Fred. Uebrigens brauchen Sie Ilse nicht zu sagen, daß —

Holm. Daß Sie sich für ihren Bräutigam ausgegeben — Unbesorgt, ich werde mir doch nicht selbst im Lichte stehen.

Fred. Wieso?

Holm. Na, ich hab's Ihnen doch geglaubt und das könnte sie mir ja im Leben nicht vergeben.

Fred. Hören Sie, wenn Sie so reden, da hätte ich doch große Lust, Ihnen zu beweisen —

Holm. Pst, lieber Fock, noch eine Annäherung, einen Blick auf Ihre Cousine und ich schieße Sie todt.

Fred. Ach, machen Sie keinen Unsinn, wir sind doch Freunde.

Holm. Der Rath ist auch ganz freundschaftlich — ja, Sie können ihn schon verwandtschaftlich nennen.

Fred. Um Gotteswillen, Lieutenant, Sie haben doch nicht Absichten auf Ilse?

Holm. Und wenn?

Fred. Machen Sie sich nicht unglücklich. Das ist nichts für Sie?

Holm. Was Sie sagen?

Fred. Positiv. Ich kenne Sie. Sie sind gerade so ein Mensch wie ich.

Holm. Gehorsamer Diener!

Fred. Nein, ohne zu schmeicheln. Sie ahnen nicht, wozu

Manuscript not for sale.

Ilse fähig ist. Glauben Sie mir — wenn die Backe reden könnte —

Holm (der sich umgesehen). Still, da kommt sie selbst. Sie darf uns hier nicht sehen. — Gehen Sie wieder Wasser holen.

Fred. Meinetwegen! Aber wenn Ihnen hier ein Malheur passirt — ich bin Ihr guter Engel gewesen. (Links ab).

Holm (indem er sich an die Wand im Hintergrunde drückt). Es war die höchste Zeit.

11. Scene.

Holm. Ilse

Ilse (durch die Mitte, erregt für sich). Er glaubt, ich habe ihn nicht bemerkt. Um so besser. Den Handschuh sehe ich auch nicht. O, er soll ganz sicher werden. (Thut, als ob sie etwas suche.)

Holm (für sich.) Sie scheint etwas zu suchen! Ob ich mich ihr zu helfen erbiete? Und wenn sie mich kurz abweist — Nein, nein sie ist so reizend in ihrer Unbefangenheit und da sie nichts von meiner Nähe weiß. — Ich warte noch ein bißchen.

Ilse (für sich). Er rührt sich nicht! Empörend! Was ich nur mache? Ich kann doch nicht in Ohnmacht fallen? Halt ich hab's! Die Gelegenheit galant zu sein, verfängt bei einem Lieutenant sicher. (Wirft sich auf's Sopha. Laut.) Nun habe ich's aber satt! So ein dummer Handschuh!

Holm (für sich). Sie sucht einen Handschuh? (Blickt umher.)

Ilse (für sich). Er hat sich bewegt. (Laut.) Und wenn ich nicht ganz bestimmt wüßte, daß ich ihn hier (wie im Aerger auf den Tisch klopfend) zuletzt gehabt.

Holm (erblickt den Handschuh). Aber da liegt ja einer. (Geht dahin.) Gestatten Sie gnädiges Fräulein —

Ilse (mit verstelltem Erschrecken aufspringend). Ah, Sie, mein Herr?

Holm. Ich bin so glücklich — und unglücklich zugleich.

Ilse. O, wenn ich davon eine Ahnung gehabt hätte —

Holm (seufzend). Sie würden diesen Raum gewiß nicht betreten haben.

Ilse. Nie!!

Holm. Das begreife ich vollkommen. Und dennoch, mein Fräulein, werden Sie sich entschließen müssen, wenigstens einen Augenblick Gnade vor Recht ergehen zu lassen.

Ilse. Wieso?

Holm. Mein Gott — Sie begreifen das Symbolische des Vorgangs — soll ich mich unterfangen, Ihren Handschuh aufzuheben — so darf das nur im Guten geschehen.
Ilse (für sich). Wie er mir entgegenkommt!
Holm. Sie überlegen, gnädiges Fräulein? O, dann habe ich Ihnen schon zu danken.
Ilse. Meinen Sie? Wohlan denn, einen Augenblick.
Holm. Wahrhaftig Gnade?
Ilse. Bis Sie mir den Handschuh aufgehoben.
Holm. Ihr Wort darauf?
Ilse. Mein Wort.
Holm. Und Sie werden nicht bereuen?
Ilse (bestimmt). Ich bereue nie!
Holm (mit Humor). Dann thue mich alle Ritterschaft in Acht und Bann, ich lasse Ihren Handschuh noch ein Weilchen liegen.
Ilse (lebhaft). Mein Herr!
Holm (überlegen). Pardon mein Fräulein, Sie sind gnädig.
Ilse. Das heißt —
Holm. Ich habe Ihr Wort und Sie bereuen nie.
Ilse (für sich). Wenn er ahnte!
Holm. Ja, ja, mein gnädiges Fräulein. Mitgegangen, mitgefangen. Jetzt müssen Sie gut sein und wenn Sie noch so böse sind.
Ilse. Gut, so bin ich gut. Auf Ihre Verantwortung.
Holm. Ah, dann braucht Ihre Güte keine Grenzen zu kennen. Ja, wer mir das vor einer Stunde gesagt hätte. Eine förmliche Angst habe ich vor Ihnen gehabt — und nun — nun sind Sie gut — und wie gut: ich bin fest überzeugt, Sie wären jetzt im Stande, allen Sündern zu vergeben.
Ilse. Meinen Sie?
Holm. O, ich kenne Sie auch. Was Sie thun, das thun Sie energisch. Und da einer, der innigst bereut, infolge eines Mißverständnisses schuldiger erscheint, als er wirklich ist —
Ilse (für sich). Das Mißverständniß! Ich wußte es ja!
Holm. Nun, mein Fräulein, darf ich auf Ihre Verzeihung hoffen?
Ilse (kokett). Wenn ich gut bin?
Holm (feurig). O, wie soll ich Ihnen danken! Und ich wünschte schon in meiner Verzweiflung, Sie möchten ein Mann sein, damit ich Ihnen Leben gegen Leben Genugthuung geben könnte.

Unverkäufliches Manuscript.

Ilse (sich vergessend). Ah, das habe ich auch gewünscht.
Holm. Wahrhaftig?
Ilse (schnell). Das heißt — als ich noch nicht gut war — versteht sich.
Holm. Wie Sie mich beschämen. Aber da giebt es einen Ausweg. Wenn ich das Leben, das ich dem Manne gegenüber noch hätte vertheidigen dürfen, Ihnen auf Gnade und Ungnade zu Füßen legte?
Ilse (für sich). Ich habe ihn!
Holm (fortfahrend). Könnten Sie darin eine Entschädigung für Ihren unerfüllbaren Wunsch finden?
Ilse (kokett). Und wenn ich nun ja sagte?
Holm. O, dann würde ich — wie ich einmal auf dem Wege zu ihm bin — sogleich vor Ihren Herrn Vater hintreten: Machen Sie Ihr Fräulein Tochter zu meiner kleinen Frau, das Schicksal hat uns für einander bestimmt und ich werde sie fürchterlich lieb haben.
Ilse. Wohl, Herr Lieutenant, gehen Sie —
Holm (feurig). Ilse!
Ilse (schnell, ihn abwehrend). Still, man kommt. Meinen Handschuh!
Holm. Darf ich den nicht behalten, als Erinnerungszeichen an den ersten Augenblick, wo Sie mir eingestandenermaßen gut gewesen sind. (Schelmisch.) Oder ist es schon der zweite?
Ilse (nimmt ihm den Handschuh fort). Nicht doch, Herr Lieutenant. (Bedeutungsvoll.) Mit oder ohne Erinnerungszeichen, Sie werden hoffentlich diese Stunde nicht vergessen. (Schnell rechts ab.)
Holm (ihr nachrufend). Gewiß nicht, gewiß nicht!

12. Scene.

Holm. Livonius. Baumann. Alide.

Baumann (indem er Livonius einzutreten bittet). Hier ist der Herr Lieutenant. (Will zurück.)
Livonius (durch die Mittelthür). Endlich! (Baumann festhaltend.) Halt, bleiben Sie da! (Zu Holm.) Sie müssen mir den jungen Menschen, Ihren Schüler, gleich holen lassen, Herr Lieutenant.
Holm. Wie?
Livonius. Ich muß ihn an die Brust drücken, dieser Herzensfreude Luft machen oder ich ersticke daran.

Baumann (rechts halb im Hintergrunde, aufmerksam). Was bedeutet das?

Alide (durch die Mitte). Director, hat's ein Unglück gegeben? Sie kommen ja daher als brennte es.

Livonius. Thut es auch, liebe Freundin.

Alide. Um Gotteswillen! Wo?

Livonius. Hier — ich — ich selber brenne vor Neugier, vor Begeisterung. — Ein mathematisches Talent ist entdeckt, vielleicht eines allerersten Ranges.

Holm. Wahrhaftig?

Baumann (aufmerkend). Wär's möglich?

Alide. Wo haben Sie es denn?

Livonius (zu Alide). Fragen Sie den Lieutenant, (ihr das Quartheft zeigend, das ihm Baumann im ersten Akt gebracht) daß es existirt, beweisen diese Zahlen unfehlbar. Es ist die Pariser Preisaufgabe.

Baumann (für sich, gespannt). Meine Arbeit?

Holm. Ich habe Recht gehabt?

Livonius (die Arbeit Holm überreichend). Sofort nach Paris senden per Expreß und eingeschrieben. Muß noch zugelassen werden bei der Preisbewerbung. Ich selbst habe Professor Saint Réol in einem Eilbrief darum ersucht.

Holm (freudig). Herr Director! (Die Arbeit Baumann reichend.) Also vorwärts, Baumann!

Baumann (ausbrechend). So ist es wahr?

Holm. Die Adresse liegt auf meinem Schreibtisch.

Baumann (leidenschaftlich, gerührt). O, Herr Lieutenant —

(Das Folgende sehr rasch.)

Holm. Rechtsum kehrt!

Baumann (dem Commando gehorchend). Wie kann ich Ihnen das jemals —

Holm. Laufschritt, marsch, marsch!

Baumann. O, nur heute erlauben Sie mir —

Holm. Potzdonnerwetter! Noch ein Wort und es giebt acht Tage Arrest.

Baumann (indem er links abrennt). So macht er's immer!

Livonius (außer sich). Das ist Ihr Schüler?

Holm. Paul Baumann aus Neustadt.

Livonius. Was? (Baumann nachlaufend.) Aber Paul Baumann, Herr Baumann, so warten Sie doch!

Manuscript not for sale.

13. Scene.

Holm. Alide.

Alide. Ja, hör' ich denn recht? Sie hätten diesem jungen Mann ein solches Opfer —

Holm (liebenswürdig). Bitte, gnädige Frau, überschätzen Sie mich nicht. Ich überraschte ihn eines Sonntags in der Kaserne über wissenschaftlichen Studien. Seine traurige Vergangenheit interessirte mich; noch mehr der frische Muth, mit dem er an die Zukunft glaubte. Ich wollte ihm helfen, so viel ich konnte, ihm wenigstens Muße schaffen und so wurde er mein Bursche. Daß ich schließlich auch noch mein Wissen mit ihm theilte, war nichts als ein ganz egoistisches Beruhigungsmittel für das peinliche Bewußtsein, von einem moralisch so hochstehenden Menschen fortgesetzt die niedrigsten Dienste anzunehmen.

Alide. Ihre Hand, Herr Lieutenant. Ich werde Ihre Tante.

Holm. Zu gütig, gnädige Frau. Aber Sie sind es bereits.

Alide. Nicht möglich!

Holm. Sie sehen mich mit Fräulein Ilse's Einwilligung eben auf dem Wege zu ihrem Vater und werden es begreiflich finden, wenn ich sehr eilig bin. Auf Wiedersehen! (Schnell ab durch die Mitte.)

14. Scene.

Alide. (Dann) Gertrud.

Alide (einen Moment höchst erstaunt). Ja, nehmen die Ueberraschungen denn heute gar kein Ende? Ilse, die noch eben vor Empörung bebte, sollte auf einmal — ah, das ist unmöglich, so schnell scheint die Sonne nur im April. Es steckt eine Teufelei dahinter. Er darf nicht fort — (wendet sich zur Mitte).

Gertrud (ihr entgegen). Wohin, liebe Tante?

Alide. Dem Lieutenant nach.

Gertrud. So eilig?

Alide. Es ist Gefahr im Verzuge.

Gertrud. Gefahr? Was giebt's denn?

Alide. Die Spuren einer Verrätherei, die dem Lieutenant übel bekommen könnte.

Gertrud. Eine Verrätherei?

Alide. Laß mich, laß mich, vielleicht ist das Unglück noch abzuwenden und der Verbrecher auf frischer That zu ertappen. (Ab durch die Mitte.)

15. Scene.

Gertrud. (Dann) Brigitte (Zuletzt) Ilse.

Gertrud (erschrocken). Ein Verbrecher auf frischer That? Eine Verrätherei? Warum muß ich dabei gleich an Paul Baumann denken?

Brigitte (den einen Arm unter einem großen Umschlagetuch verborgen, am andern ein Marktkörbchen, hastig von links). Gertrud, es ist heraus!

Gertrud (erschrocken). Was denn?

Brigitte (ihr einen Brief zeigend, den sie unter dem Tuche hielt). Ein heimlicher Brief von Baumann an die Franzosen.

Gertrud (schreit auf). Ah! (Sieht sich erschrocken um.)

Brigitte (den Brief wieder versteckend, angstvoll). Still um Gotteswillen! Ich soll ihn zur Post mitnehmen, wahrscheinlich weil er sich nicht selbst an den Schalter traut. (Den Brief wieder zeigend.) Sieh nur, wie dick!

Gertrud (nimmt den Brief). Zeig her! (Liest die Adresse.) A monsieur Jean de Saint Réol, officier —

Brigitte. Offizier, siehst Du?

Gertrud. Officier de la légion d'honneur à Paris. Entsetzlich, die Tante hat Recht!

Brigitte. Die Tante?

Gertrud. Sie hatte Verdacht, sie holt schon den Lieutenant.

Brigitte. Allmächtiger!

Gertrud (entschlossen). Wir müssen den Brief beiseite schaffen.

Brigitte (entsetzt). Gertrud!

Gertrud. Und wenn sie uns zehnmal mit einstecken!

Brigitte (trostlos). Auf meine alten Tage —

Gertrud. Einerlei. Wenn Sie ihn finden, ist Baumann verloren.

Brigitte. Aber wohin damit?

Gertrud. Wir vergraben ihn.

Brigitte. Ja, ja, im Garten, komm! (Wendet sich nach hinten und schreit auf.) Ah! Die Tante!

Unverkäufliches Manuscript.

O dieser Papa!

Gertrud. Sie kommt zurück?

Brigitte. In höchster Eile —

Gertrud (verzweifelt hin- und herlaufend). Mein Gott, wohin, wohin? (Sieht das Feuer im Kamin.) Ah, das ist ein Ausweg! (Läuft zum Kamin.)

Brigitte. Gertrud, was thust Du?

Gertrud (indem sie den Brief in's Feuer wirft, heroisch). Ich rette ihn!

Ilse (zum Ausgehen gekleidet, eilig von rechts). Schon hier, Gertrud? Und der Wagen?

Gertrud. Hält vor der Gartenthür.

Ilse. Dann vorwärts, schnell! (Wendet sich gegen die Mitte.) Adieu Brigitte! (Indem sie Brigittens Korb erblickt.) Ah, ein Gedanke. (Nimmt den Korb.) Der kommt mir gelegen.

Brigitte (schnell). Mein Korb, mein Korb —

Ilse (mit Gertrud schon in der Mittelthür). Sei unbesorgt, Du bekommst ihn wieder! (Ab mit Gertrud.)

16. Scene.

Brigitte. Baumann. (Dann) Alide.

Brigitte (ihr nachrufend). Aber Fräulein Ilse! O, die Angst ist mir in die Beine gefahren. Noch ein solcher Schreck —

Baumann (von links, eilig). Noch hier, Brigitte?

Brigitte (schreit entsetzt). Ah! Baumann!

Baumann. Was haben Sie? Ist Ihnen schlecht geworden?

Brigitte. O, fürchterlich.

Baumann. Dann laufe ich lieber selbst. Mein Brief ist eilig.

Brigitte. Ihr Brief — mein Gott — der ist ja besorgt.

Baumann. Besorgt? Von wem?

Brigitte. Von Fräulein Gertrud.

Baumann. Was sagen Sie? Gertrud? So weiß sie bereits —?

Brigitte. Ja, Alles!

Baumann. Und besorgt meinen Brief? (Glückselig.) Kein Zweifel, sie will ihr Unrecht gutmachen. O, Brigitte, Brigitte, dafür muß ich Sie umarmen. (Umarmt sie.)

Brigitte (sich sträubend). Lassen Sie mich los!

Alide (ist inzwischen durch die Mitte aufgetreten). Brigitte!

Baumann (erschrocken). Alle Wetter! (Läuft links ab.)
Brigitte (entsetzt). Ah! Das ist mein Letztes. (Sinkt auf einen Stuhl im Vordergrunde rechts.)
Alide (die zu ihr getreten, schelmisch mit dem Finger drohend). Was habe ich gesagt?
Brigitte (aufspringend). Nein Frau, ehe Sie schlecht von mir denken, will ich lieber Alles gestehen — dieser Baumann —

17. Scene.

Brigitte. Alide. Mellenthien. (Dann) Holm. (Zuletzt) Livonius und Fred.

Mellenthien (noch draußen). Wo ist sie denn? Ilse, mein gutes Kind! (Tritt ein durch die Mitte.)
Alide. Mellenthien, so eilig?
Mellenthien. Ja, Schwägerin, jetzt giebt es eine Blamage.
Alide. Eine Blamage?
Mellenthien (zu Brigitte). Rasch Wein aus dem Keller, wir feiern Verlobung!
Brigitte (rechts ab).
Alide. Nicht möglich!
Mellenthien. Ja, ärgern Sie sich. Da sehen Sie hier — Mein Gott im Himmel, wo bleibt er denn? (Rennt zur Thür und ruft hinaus.) He, Schwiegersohn!
Holm (athemlos). Potz Element, aber können Sie laufen!
Mellenthien. Da sehn Sie die Alte, sie glaubt es nicht. (Zu Alide.) Aber kommen Sie wieder, mein Kind schlechtmachen. Und ich wollte es schon mit der Strenge versuchen!
Alide. Vielleicht giebt's noch später Gelegenheit dazu.
Mellenthien (zu Holm schnell). Nein, lieber Sohn, um Gotteswillen. Sie sehen was man mit Milde und Güte bei ihr erreicht. Nicht wahr, Sie werden sie glücklich machen?
Holm. Versteht sich, Papa, aber erst muß ich sie haben.
Mellenthien. Ja, da hat er Recht, erst muß er sie haben. — Wo steckt sie denn? Ilse! Wo ist sie denn?
Livonius (der von links eingetreten). Ihr Fräulein Tochter?
Mellenthien. Jawohl, alter Freund.
Livonius. Die hat eben von mir Abschied genommen.
Holm. Abschied?
Alide (die schon etwas ahnt). Vor der Verlobungsfeier?
Mellenthien. Na versteht Ihr denn nicht? Das gute

Manuscript not for sale.

Kind! Abschied vor dem wichtigen Schritt in's Leben — von ihrer Jugend, vom alten Lehrer —

Fred (der mit Livonius zusammen eingetreten und etwas hinter seinem Rücken verborgen hält). Nein, von mir auch.

Alle Andern. Was soll das heißen?

Fred. Sie ist mit Gertrud nach Hause gefahren.

Die Andern. Nach Hause?

Fred. Sie schickt Euch Allen noch freundliche Grüße und dem Lieutenant hier dies Erinnerungszeichen. (Reicht Holm Brigittens Korb.)

Holm. Einen Korb?

Fred (zum Lieutenant). Was hab' ich gesagt?

Mellenthien (sinkt auf einen Stuhl). O, dieses Kind!

Alide (zu Mellenthien). Mit der Blamage bin ich zufrieden!

(Der Vorhang fällt.)

Dritter Akt.
Zimmer bei Livonius wie im ersten Akt.

1. Scene.
Alide. Livonius. (Dann) Sophie.

Alide (steht beim Aufziehen des Vorhangs vom Sopha auf, ärgerlich). Hören Sie, alter Freund, nun ist's aber genug mit dem Umherlaufen. Wenn ich auch, Gott sei Dank, gesunde Nerven habe, in so sündhafter Weise brauchten Sie das doch nicht auszunützen.

Livonius (der auf der rechten Seite erregt auf- und abging, kommt auf Alide zu und hält ihr seine Taschenuhr hin). Es ist bereits zwölf Uhr!

Alide (ruhig). Es wird auch Eins und Zwei werden, ohne daß wir beide daran etwas ändern könnten.

Livonius (kläglich). Aber die Pariser Depesche von Professor Saint Réol —

Alide. Lassen Sie die Sitzung der Société mathématique doch erst beendet sein, dann wird das Telegramm mit Stephans Hilfe auch kommen.

Livonius. Ach, Sie haben keine Ahnnng, was für Baumann auf dem Spiele steht. Mit dem mehr oder minder günstigen Ausfall der Pariser Entscheidung steigt und fällt das Interesse des Herrn Schulrath und der kann Baumanns Zulassung zur Universität unendlich erschweren oder erleichtern.

Alide. Und von der Universität bis zum heiligen Ehestand wäre es dann nur noch ein Katzensprung? Nicht wahr?

Livonius. Wie meinen Sie das?

Alide (zuckt die Achseln). Ich meine, es ist nur gut, daß Baumann jener ersten Abschrift seiner Arbeit noch schnell eine zweite nachgeschickt hat.

Unverkäufliches Manuscript.

Livonius (erstaunt). Eine zweite? Davon haben Sie mir ja nichts gesagt!

Alide. Sagen Sie mir denn Alles?

Livonius. Aber der Grund dieser zweiten Sendung?

Alide. Lieber Gott, man hat Beispiele erlebt, daß Briefe verloren gegangen sind.

Livonius (erschrocken). Um's Himmelswillen, was soll das heißen?

Alide (mit humoristischem Vorwurf). Daß der liebe Gott und die alten Tanten ihre schützende Hand ausbreiten, selbst über Undankbare und Vertrauenslose —

Livonius (nach einem Moment des Begreifenwollens). Das verstehe ich nicht.

Alide. Natürlich! Sie kennen auch einen gewissen alten Mathematikus nicht, noch weniger die Preisaufgabe, an der er sich in eifersüchtigster Verschwiegenheit den Kopf zerbricht?

Livonius. Eine Preisaufgabe? Und die lautet?

Alide. Wenn sich Trudchen zu Paulchen so und so verhielt, wie wird dann das Verhältniß von Gertrud zu Paul?

Livonius (mit offenem Munde). Sie wissen?

Alide. Noch mehr, alter Egoist. (Sich auf die Stirn tupfend.) Hier habe ich sogar schon die Lösung des Exempels.

Livonius Ah, sagen Sie mir —

Alide (abwehrend). Keine Sylbe! Jetzt dien' ich Ihnen mit gleicher Münze.

Sophie (durch die Mitte). Sind Sie zu Hause, Herr Direktor?

Livonius (schnell). Ist Herr Fock wieder da?

Sophie (nickt). Zum dritten Mal.

Livonius (winkt ab). Dann bin ich verreist.

Sophie (will gehen).

Alide. Halt, alter Freund, diesmal kommt er auf meine Veranlassung.

Livonius (ironisch). Ich bedanke mich schön!

Alide. Um sich bei Ihnen liebes Kind zu machen.

Livonius. Mit seinen Heirathsprojekten?

Alide. Die sind der Zweck. Das Mittel ein Stipendium für Ihren Paul Baumann.

Livonius (freudig). Ein Stipendium?

Alide. Ich erinnerte mich noch zu rechter Zeit, daß der alte Fock ja Curator der Müller'schen Stiftung ist.

Livonius (zu Sophie). Dann herein mit ihm.

Sophie (ab).
Alide (schnell, indem sie die Thür links öffnet). Uebrigens können Sie ja so dringend beschäftigt sein, daß ich das Document für Sie im Empfang nehmen muß.
Livonius (geht mit geöffneten Armen auf sie zu). Alide, Sie sind eine Perle —
Alide (zurücktretend). Auch ungefaßt, hoffentlich. (Dreht ihn zur Thür hinaus.)
Livonius (im Umdrehen). Eine Freundin, wie —
Alide (ihm in's Wort fallend). Sie sie garnicht verdienen. (Schließt die Thür hinter ihm.)

2. Scene.

Alide. Sophie. (Dann) Fred.

Sophie (öffnet die Mittelthür). Bitte. (Läßt Fred ein, dann ab.)
Fred. Was seh' ich, Tante, Du hier? Na, ich sage es ja, Du bist besser als Dein Ruf.
Alide. Meinst Du?
Fred. Du hast doch bei dem Alten Gertruds wegen auf den Busch geklopft?
Alide. Das habe ich allerdings.
Fred. Siehst Du wohl? Spiegelberg, ich kenne Dich. Aber ich bin auch nicht faul gewesen. (Klopft auf seine Brusttasche.) Da sitzen die Musikanten.
Alide (freudig). Das Stipendium?
Fred (nickt mit dem Kopfe und nimmt einen gefalteten Bogen aus der Tasche). Papa wollte zwar erst nicht heran. Aber Du weißt, wenn ich logisch werde —
Alide (schnell). Das hält er nicht aus.
Fred (ihr das entfaltete Blatt überreichend und auf die betreffende Stelle deutend). Ihr braucht jetzt nur noch da den Namen Eures geheimnißvollen Schützlings hinzuschreiben, ich gehe zu Consul Lehmann, der ist Stadtrath, unterschreibt also auf alle Fälle und der betreffende X. Y. Z. kann jede Stunde auf die Universität und losochsen. Ich freue mich nur, daß ich nicht an seiner Stelle bin.
Alide. Wer weiß, vielleicht wäre das gar kein so großes Unglück für Dich.
Fred. Wie so?
Alide. O, ich meinte nur so.

Manuscript not for sale.

Fred. Nein, liebe Tante, da ist etwas faul im Staate Sophie hat schon neulich so was fallen lassen, von einem jungen Menschen, mit dem der Alte hier immer zusammenhocken und gewisse Absichten haben soll. Ist's für den? Ja oder nein?

Alide (verlegen). Mein Gott, ich begreife nicht —

Fred (schnell). Aber ich desto besser. (Indem er ihr das Papier wieder fortnimmt) Erlaube 'mal!

Alide. Was fällt Dir ein?

Fred. Ich werde mich doch nicht selber uzen? — Nee — Ist es mit seiner Nichte nichts, ist's auch mit der Geschichte nichts (steckt das Papier in die Brusttasche).

Alide. So gieb ihm das Dokument wenigstens meinetwegen. Ich habe auf das Stipendium hin schon Auslagen für den jungen Menschen gemacht.

Fred. Dann hast Du Dich mit Deinen Auslagen eben hineingelegt. Uebrigens, könnte man den Jüngling Spaßes halber nicht einmal zu sehen bekommen?

3. Scene.

Vorige. Sophie. (Dann) Baumann.

Sophie (öffnet die Mittelthür, zu Baumann, der, halb mit dem Rücken gegen das Publikum, den Ueberzieher ablegend vor ihr steht). Bitte hier!

Fred (sich umwendend). Wo?

Alide (schnell und leise zu Fred). Ja, das ist er wirklich! Kein Wort! (Tritt etwas auf die Seite.)

Baumann (indem er Sophie den Ueberzieher giebt). Also der Herr Lieutenant war noch nicht hier?

Sophie (die seinen Rock genommen). Nein.

Baumann (wendet sich und tritt ein).

Sophie (schließt hinter ihm die Thür).

Fred (Baumann erkennend, geringschätzig). Ach du lieber Gott, das ist ja der Bursche von Lieutenant Holm!

Baumann (ohne Alide zu bemerken, ironisch). Mit dem der Herr Lieutenant immer Englisch sprach, wenn Herr Fred Fock etwas nicht verstehen sollte. Ja!

Fred. So, war das Englisch?

Baumann. Aber Sie werden mir das hoffentlich nicht in's Privatleben nachtragen. (Mit einer ironischen Verbeugung.) Mein Name ist Baumann.

Fred (sich plötzlich erinnernd, lebhaft). Baumann?!! Herrjeh, ja, Sie heißen ja Baumann!

Baumann. Wenn Sie es nicht übel nehmen.

Fred (ihm auf die Schulter klopfend). Im Gegentheil. Jetzt bin ich Ihnen sogar auf keinen Fall mehr böse.

Alide (tritt näher zu Baumann). Nun, Herr Baumann?

Baumann (sich überrascht umwendend). Ah, Frau Friedeck, verzeihen Sie —

Alide. Schon völlig den neuen Menschen angezogen?

Baumann (freudig). Ja, frei, frei und glücklich dazu. O, ich war ja zuerst wie vom Blitz getroffen, als ich vom Feldwebel erfuhr, der Herr Lieutenant habe mir Dispositionsurlaub erwirkt, ich sei auf der Stelle entlassen. Wovon sollte ich nun bis zum Examen leben? Und da führt mich die alte Brigitte in das kleine gemüthliche Hinterstübchen und sagt: „Da sollen Sie wohnen und lernen, so viel Sie wollen. Das ist Ihre Wäsche, das ist Ihr Anzug." An der Nase habe ich mich gezupft, ob ich denn träumte! Und dann bin ich spornstreichs hierhergerannt, weil ich weiß, der Herr Lieutenant muß jeden Augenblick kommen. O, wie kann ich ihm, wie kann ich Ihnen das jemals danken!?

Alide. Mir?

Baumann. Ja, ich kenne den ungenannten Gönner, bei dessen Erwähnung Brigitte so eigen mit den Augen zwinkerte, weiß, wem ich eine sorgenlose Studienzeit verdanken soll —

Alide. Mir nicht, Herr Baumann.

Fred. Meiner Tante? Nee!

Alide. Ich habe hier einfach vermittelt.

Fred. Ja, blos vorgeschossen.

Baumann. Ja, wer in aller Welt ist denn das geheimnißvolle Wesen?

Fred. Soll ich's ihm sagen?

Alide. Ich fürchte, Du weißt es selber nicht.

Fred. Aber Tante? Ich? (Klopft auf die Brusttasche, für sich.) Da sitzen die Musikanten.

Alide. Eines Tages sollen Sie es schon erfahren —

Fred (wieder auf die Brusttasche klopfend). Ja, und sehr beschämt werden in deutscher Sprache.

Alide (fortfahrend). Bis dahin genüge Ihnen, daß Alles, was für Sie geschieht, als Entschädigung für ein großes Unrecht zu gelten hat, welches Sie am Ende all' Ihres Ringens beinahe um den Preis betrogen hätte.

Unverkäufliches Manuscript.

Fred (schmollend, leise zu Alide). Nun weißt Du, die Anspielung war überflüssig.

Alide. Glauben Sie vorläufig an einen Genius, an eine gütige Fee und zeigen Sie sich durch Fleiß und Ausdauer des Schutzes werth.

Fred. Ja, zeigen Sie sich durch Fleiß und Ausdauer (klopft auf die Brusttasche) des Schutzes werth.

Baumann. Ah, wenn Einem der Dank so leicht gemacht wird! (Küßt Alide die Hand.) Verlassen Sie sich darauf, gnädige Frau, man soll mit mir zu frieden sein. (Links ab.)

4. Scene.
Vorige (ohne) Baumann.

Fred (wieder auf die Brusttasche klopfend). Wird der Augen machen, wenn er seine Fee erkennt.

Alide. O, andre Leute auch!

Fred. Ach so, Du meinst den Direktor? Den werde ich so wie so auslachen.

Alide. Du?

Fred (lachend). Natürlich! Er befindet sich ja mit seinen famosen Absichten auf dem allerschönsten Holzwege. Gertrud kann diesen Baumann nicht ausstehen.

Alide. Weißt Du das so genau?

Fred. Aus ihrem eigenen Munde.

Alide. Na, na.

Fred. Willst Du meine Freiwerberin bei ihr sein, wenn ich es Dir klar beweise?

Alide. Gern.

Fred (hält ihr die Hand hin). Abgemacht!

Alide (einschlagend). Unter einem Vorbehalt.

Fred. Nun?

Alide. Ich muß Gertrud selbst und ohne daß sie merken kann von wem die Rede ist, über diesen Punkt befragen dürfen.

Fred. Soviel Du willst. Ich sage Dir, sie rennt davon, wenn Sie blos den Namen hört.

5. Scene.
Vorige. Gertrud.

Gertrud (hastig durch die Mitte). Guten Tag, liebe Tante.

{ Alide. Gertrud!
{ Fred. Fräulein Gertrud! (Für sich.) Wie gerufen!

Alide. Woher so unerwartet?
Gertrud. Von Mellenthien. Ist der Onkel nicht da?
Alide. Gewiß. Aber kommst Du allein?
Gertrud. Bewahre, Herr von Mellenthien und Ilse folgen mir auf dem Fuße.
Alide. Ihr seid bei mir abgestiegen?
Gertrud. Nein, in der Ressource.
Alide (verwundert). Warum denn das?
Gertrud. Herr Gott, was habe ich da gemacht!
Alide. Nun?
Gertrud. Ich glaube, Du sollst gar nicht erfahren, daß wir hier sind.
Alide (lachend). Ah, dann weiß ich schon Bescheid. Nehmen Sie sich in Acht, Herr Schwager.
Gertrud. Nein, bitte, bitte, liebe Tante, laß Dir nichts merken. Ach, ich bin ja so aufgeregt. Ich muß den Onkel noch sprechen, ehe sie da sind.
Alide. Was giebt es denn?
Gertrud (weinerlich). O, das kann ich keinem Menschen sagen, als dem Onkel.
Fred (leise zu Alide). Merkst Du was?
Alide. Ist Dir etwas auf dem Lande begegnet?
Getrud. Nein, nein, schon vorher, hier —
Fred (schnell, mit verständnißinnigem Augenzwickern). Als wir uns bei der Tante sahen, nicht wahr?
Gertrud. Ja, ich habe seitdem keine ruhige Minute mehr.
Fred (bedeutungsvoll sich räuspernd). Hm, hm!
Alide. Aber Du wirst den Onkel stören, er hat Besuch.
Gertrud. Ach, Du lieber Gott, dann ist er gewöhnlich verstimmt —
Alide. Das nicht! Im Gegentheil.
Gertrud (freudig). Er ist guter Laune?
Alide. Ja, bedanke Dich dafür bei dem jungen Menschen, der bei ihm ist.
Gertrud (freudig). Wer ist denn das?
Alide. Jemand, der Deinem Onkel sehr gefällt und von ihm jetzt für die Universität vorbereitet wird.
Gertrud. Ein Schüler?
Alide. Nein, schon ein älterer Mensch, der sich durch eigene Kraft aus tiefster Armuth emporgearbeitet hat.
Gertrud. Ach, das ist schön! (Schmerzlich.) Und ein

Manuscript not for sale.

Anderer sinkt von Stufe zu Stufe und ist in den besten Verhältnissen geboren.

Alide. Ah, das ward er schließlich auch. Er war als Knabe sogar schon ein paar Jahre auf dem Gymnasium. Aber sein Vater ging bei Nacht und Nebel davon nach Amerika und ließ die Seinen in den elendesten Verhältnissen zurück. Die Mutter starb vor Gram, die Schwester kam zu fremden Leuten und er selbst mußte Gott danken, als Lehrling in einem kleinen Krämerladen unterzukommen.

Fred. Ja, ganz krebsrothe Hände hat er noch davon.

Gertrud. Und trotzdem — O, das muß ja ein herrlicher Mensch sein.

Fred. Na warten Sie es nur ab.

Gertrud. Wie hat Onkel denn seine Bekanntschaft gemacht?

Alide. Durch eine Arbeit, bei welcher der junge Mann Tag und Nacht gesessen hat, um sie nach Paris zur Preisbewerbung einzuschicken.

Gertrud. Nach Paris?

Alide. Ja, heute ist der Entscheidungstag. Du kannst Dir denken, mit welcher Spannung wir Alle die Depesche erwarten, von der sein ganzes Wohl und Wehe abhängt.

6. Scene.

Vorige. Livonius. (Dann) **Baumann.** (Zuletzt) **Mellenthien.**

Livonius (von links). Was seh' ich, Gertrud? Ah das trifft sich herrlich!

Gertrud (in seine Arme fliegend). Mein lieber Onkel!

Livonius. Noch in diesem Augenblick habe ich mit meinem Schüler von Dir gesprochen.

Gertrud. Kennt er mich denn?

Livonius. Na und ob? (Zu den Andern.) Sie weiß wohl noch garnicht —

Fred. Keine Ahnung!

Livonius (lustig). Ah, dann soll er sich Dir gleich selber vorstellen. (Indem er links abläuft.) He! Baumann, Baumann!

Gertrud (höchst erschrocken). Baumann heißt er?

{ Alide. Paul Baumann, ja.
{ Fred. Der Lieutenantsbursche!

Gertrud (schreit erschrocken laut auf). Ah!

Alide. Was ist Dir Kind?

Gertrud. Ach, laß' mich, laß' mich! (Indem sie in den Garten läuft.) O Gott im Himmel, was habe ich gethan!

Fred (triumphirend). Wer hat nun Recht? Sie kann ihn nicht sehen!

Livonius (noch drinnen). Kommen Sie nur. (Führt Baumann am Arm herein.) Vorher wird nichts verrathen.

Baumann. Ist der Herr Lieutenant da?

Livonius. Sehen Sie doch selbst — (Vermißt Gertrud.) Ja, zum Kukuk, wo ist sie denn?

Fred (lachend). Verschwunden, Herr Direktor!

Livonius. Was?

Fred. Ja, Pst — ganz ohne alle Apparate.

Livonius. Was soll das heißen?

Alide. Das sollen Sie später von mir erfahren. (Zieht sich in den Hintergrund zurück.)

Fred (triumphirend). Ja, das sollen Sie später von meiner Tante erfahren. Jetzt wollen wir erst den armen Baumann trösten. (Giebt ihm das Papier.) Da, reisen Sie glücklich!

Baumann (nach einem Blick in das Papier). Ja, was ist denn das? Ein Stipendium?

Fred. Mein Feengeschenk! (Indem er das Papier zurücknimmt.) Consul Lehmann muß nur noch unterschreiben. (Zu Livonius.) Sie verzeihen, ich bin gleich wieder da! (Eilt zur Mittelthür, in der er mit Mellenthien zusammenstößt, dann ab.)

Mellenthien (tritt ein, blickt Fred kopfschüttelnd nach). Nanu!

Baumann (der, ohne auf den Vorgang an der Thür zu achten, Livonius die Hand schüttelte, freudig). Nein, diese Freude! Und morgen hat meine Schwester Geburtstag — das muß ich ihr auf der Stelle schreiben! Sie verzeihen, ich bin auch gleich wieder da. (Rennt Mellenthien von der andern Seite an, dann ab durch die Mitte.)

Mellenthien (der sich gerade gegen Baumann wandte). Donnerwetter!

7. Scene.

Alide. Livonius. Mellenthien.

Mellenthien (zu Livonius). Hören Sie, alter Freund, das ist aber ein Empfang, so merkwürdig —

Alide (rasch von rechts an Mellenthien's Seite tretend). Wie Ihr Kommen, lieber Schwager!

Mellenthien (nach einem stummen Schreck). Sie verzeihen, ich bin auch gleich wieder da. (Will ab.)

Unverkäufliches Manuscript.

Alide (ihn festhaltend). Halt, so haben wir nicht gewettet!
Mellenthien. Lassen Sie mich los!
Alide. Direktor!
Livonius. Hier!
Alide. So fassen Sie doch mit an.
Livonius. Ach so! (Packt Mellenthien am andern Arm.)
Mellenthien. Schockschwerenoth!
Alide. Hilft Alles nichts. Ich ruhe nicht eher, als bis Sie für Ihre Verbrechen sitzen! (Drückt Mellenthien mit Livonius Hilfe auf den Stuhl am Sopha.) Da! Und jetzt nicht gemuckst. (Rückt sich ebenfalls einen Stuhl heran und nimmt vor Mellenthien Platz.) Schämen Sie sich, Sie wortbrüchiger Mensch).
Mellenthien. Wortbrüchig? Oho!
Alide. Zeuge Livonius, hat mich dieser von Gewissens=angst überwältigte Sünder neulich de= und wehmüthig um meinen Beistand gebeten?
Livonius (der links vor dem Sopha, also zur Rechten Mellen=thiens steht). Jawohl und zugleich versprochen, ohne Ihren aus=drücklichen Befehl sein Gut vorläufig weder allein, noch in Be=gleitung seiner Tochter zu verlassen.
Mellenthien. Das heißt —
Alide. Schweigen Sie, Angeklagter! Zeuge Livonius, was hat besagter Sünder noch fernerhin feierlich gelobt?
Livonius. Sich endlich energisch aufzuraffen und ein ernstliches Strafverfahren gegen Fräulein Ilse damit zu beginnen, daß er sie durch Kälte und völlige Zurückhaltung empfinden läßt, wie tief er durch ihr neuliches Benehmen gekränkt und erzürnt sei.
Alide. Gut. Sie können sich setzen.
Livonius. Danke. (Nimmt auf dem Sopha Platz.)
Alide. Was haben Sie nun zu erwidern, Angeklagter?
Mellenthien. Daß mir gar nicht nach Narrenspossen zu Muthe ist! Wissen Sie, was Ilse gemacht hat, als ich's mit Ihrem Mittel versuchte?
Alide. } Nun?
Livonius.
Mellenthien. Sie hat den Spieß einfach umgekehrt und mich mit Kälte behandelt. Ich war der Gestrafte. O, ich bin neben ihr einhergelaufen, als hätte ich meine Seele dem Teufel verschrieben.
Alide. Und ehe Sie das redlich, Ihrem Worte gemäß ein paar Tage getragen und abgewartet hätten —

Mellenthien. Lieber hätte ich mich gleich auf der Stelle von ihm holen lassen. (Springt auf und gewinnt die rechte Seite.)
Alide (zu Livonius). Ich sage es ja. Er ist unverbesserlich.
Mellenthien. Hören Sie nur erst Alles. Wie ich draußen den dritten Morgen zum Frühstück herunterkomme, fehlt Ilse am Tische. Ich frage Gertrud, sie zuckt die Achseln, ich frage den Diener, er weiß nichts von ihr. Nach einer Weile kommt sie, athemlos und bleich, giebt auf keine Frage Antwort und ißt wie ein kranker Vogel. Am nächsten Morgen fehlt Gertrud auch. Kein Mensch weiß, wo die Mädchen stecken. Als sich die Geschichte auch die folgenden Tage wiederholt, wird mir's unheimlich. Ich stelle mich also heute früh auf die Lauer, schleiche ihnen nach und wo finde ich sie endlich?

Alide. } Nun?
Livonius. }

Mellenthien. Im Gebüsch an der östlichen Parkplanke, wo eben wie allmorgendlich das Regiment auf dem Uebungsmarsch vorbeikommt.

{ Alide. Sieh einmal an!
{ Livonius. Ei, ei!

Mellenthien (mit steigender Ergriffenheit). Und wie unser Premierlieutenant seine Compagnie vorüberführt, faßt mein Kind Gertrud krampfhaft bei der Hand und Gertrud fällt ihr um den Hals und weint und schluchzt —
Livonius (gerührt). Das gute Herz!
Mellenthien. O, einen Stein mußte es erweichen.
Alide. Mich nicht. Ehe Ilse nicht selber Thränen findet —
Mellenthien. Nein, so weit soll's nicht kommen. Das ertrage ich nicht. Und darum bin ich hier. Der Lieutenant ist ein vernünftiger Mensch, er muß den ersten Schritt thun —
Alide (aufstehend, ironisch). Damit er dereinst des Vaters Rolle weiterspielt und sich, wie Sie, zu Ilses Narren macht?
Mellenthien (tritt rasch vor sie hin, heftig). Alide!
Alide (ihn ruhig anblickend). Ja, so nenn' ich Sie und mache von der Erlaubniß Gebrauch, die Sie selbst mir gegeben. (Immer wärmer werdend.) Wollen Sie Ihr Kind denn durch und durch verderben? Wenn das drollige Ding früher mit den kleinen Füßen aufstampfte und ein spitzes „Nein" auf alle Ihre Befehle hatte, da lachten Sie vergnügt und rühmten: „Das wird einmal ein Charakter!" Ja, es ist einer geworden! Und wer ihn aus der Ferne sieht, der schüttelt den Kopf und bekreuzigt sich.

Manuscript not for sale.

Mellenthien. Das ist nicht wahr, sie ist gut.

Alide. Für Sie und mich und (auf Livonius deutend) diesen alten Freund. — Aber woran sollen es Andere merken? An ihrem Thun etwa? O, Sie sollten Gott danken, daß Ihr leichtfertiges Zutappen so vom Glück begünstigt war, daß ein so prächtiger Mensch, wie dieser Lieutenant, an den Kern in dem wilden Mädchen glaubt und es uns erleichtern, Ilses Trotz zu brechen, sie ihm und sich selbst zurückzugewinnen.

Livonius. Ja, lieber Freund, ehe sich Ilse nicht einmal am Ende ihrer Selbstgewißheit fühlt —

Mellenthien. Mein Gott, das thut sie ja schon.

Alide. Sie soll es ihrem Stolze auch abringen, es einzugestehen und um Verzeihung zu bitten. Nur ein schweres Opfer kann sie vor künftigen Extravaganzen bewahren.

Mellenthien. Als ob sie noch an dergleichen dächte! (Weinerlich.) Ich sage Ihnen, sie ist völlig geknickt. —

Ilse (erscheint im Vorzimmer von links, dahin zurückblickend, woher sie kam).

Mellenthien (der sich zufällig nach hinten umsah, deutet auf Ilse). Da, überzeugen Sie sich selbst —

Alide (wendet den Blick nach hinten). Ilse? (Schnell zu beiden Männern, indem sie dieselben in den Garten hinausdrängt.) Laßt mich mit ihr allein.

Mellenthien (sich umwendend). Sie werden ihr aber auch nicht wehe thun?

Alide. Nicht mehr, als sie für ihre junge Wirthschaft unumgänglich braucht. (Livonius und Mellenthien rechts ab.)

8. Scene.

Alide. Ilse.

Alide. Nun, Ilse, wo bleibst Du?

Ilse (leicht zusammenschreckend). Ah, Du liebe Tante. (Kommt nach vorn.) Weißt Du nicht, was der armen Getrud begegnet ist? Eben, als wir eintreten, kommt sie verweint und aufgeregt an uns vorüber, verschließt die Thür ihres Zimmers hinter sich und öffnet nicht, so sehr ich sie auch darum bitte.

Alide (achselzuckend). Die schlimmen Folgen der Uebereilung!

Ilse. Wie, Gertrud hätte —

Alide. Sich an ihrer Freundin ein schlechtes Beispiel genommen.

Ilse (beißt sich auf die Lippen). An mir?

Alide. Aber sie dient Dir dafür jetzt als gutes: Sie bereut.

Ilse (fest). Dann hat sie das, wofür sie leidet, nicht überlegt.

Alide. Aber Du Deinen unerhörten Streich gegen den Lieutenant neulich?

Ilse (wie oben). Ja! Der war überlegt.

Alide. So?

Ilse. Das war eine Strafe, eine gerechte Demüthigung.

Alide (nachdrücklich). Für Deinen Vater!

Ilse (erstaunt). Wie?

Alide. Der dem Lieutenant noch eben alles Mögliche von seiner gehorsamen Tochter vorgeschwärmt und sie ihm als ein ganz auserlesenes Exemplar von Vortrefflichkeit zur Frau versprochen hatte.

Ilse. Das war dann eine Uebereilung von Papa.

Alide. Und was für eine Wirkung auf den Lieutenant hast Du Dir von Deiner Unart vorgestellt?

Ilse. Ich hoffe, er ist sprachlos gewesen!

Alide. Das war er allerdings.

Ilse (tief aufathmend). Nun, siehst Du.

Alide. Er konnte vor Lachen keine Worte finden.

Ilse (im Tiefsten getroffen, schnell). Er hat gelacht?

Alide. Dein Vater hatte ihm ja kurz zuvor erzählt, daß Du Dich seit Eurer ersten Begegnung glühend für ihn interessirt und Papa keine Ruhe gelassen, bis er sich nach dem Unbekannten zu erkundigen versprach.

Ilse (händeringend). O, dieser Papa ist mein Unglück!

Alide. Und nun zu Deiner völligen Beschämung: Der Lieutenant war so tactvoll, Dein Betragen für eine allerliebste Pikanterie zu erklären, für eine jugendliche Thorheit, deren Tragweite Du gewiß noch nicht ermessen könntest.

Ilse (heftig). Wer sagt das?

Alide. Du hörst es ja —

Ilse. Hält er mich etwa für ein Kind?

Alide (achselzuckend). Ich weiß nicht. Respect hat ihm Dein Betragen schwerlich eingeflößt.

Ilse. O, das läßt sich nachholen.

Alide. Er erwartet es auch —

Ilse. Was erwartet er?

Unverkäufliches Manuscript.

O dieser Papa!

Alide. Du werdest Dich auf Deine Pflicht besinnen und ihn um Verzeihung bitten.

Ilse. Ich — ihn? Ah, ich verstehe, er vertraut auf Papas indiscreten Wink. Aber ich werde hoffentlich Gelegenheit finden ihm zu zeigen, daß er sich verrechnet hat. (Geht heftig auf und ab.)

Alide (auf Ilse deutend, lächelnd). Und das nennt so ein Papa geknickt.

9. Scene.
Vorige. Sophie. Holm.

Sophie (durch die Mitte, Holm einlassend). Der Herr Director ist im Garten. (Ab.)

Holm (durch die Mitte). Danke!

Ilse (schnell nach vorn kommend, für sich). Er!

Alide (für sich). Was seh' ich?

Holm (freudig überrascht). Meine Damen —

Alide. Nur näher, lieber Lieutenant. Wir sprachen gerade von Ihnen.

Holm. Sie machen mich glücklich, gnädige Frau!

Alide. Unberufen!

Holm (stutzig). Das heißt?

Alide. Meine Nichte wird es Ihnen schon erklären.

Holm. Mein gnädiges Fräulein —?

Ilse. Ja, hier in Gegenwart meiner Tante —

Alide. Erlaube, liebes Kind, nicht in meiner Gegenwart.

Ilse. Wie?

Alide (mit Humor). Es ist ja hübsch, wenn man sagen kann, man ist überall dabeigewesen. Aber bei einem Gewitter bin ich am liebsten zu Hause. (Rechts ab.)

10. Scene.
Vorige (ohne) Alide.

Holm (indem er Aliden ein paar Schritte folgt, mit Humor). Aber, gnädige Frau, ein so interessantes Naturereigniß. (Sich zu Ilse wendend.) Meinen Sie nicht auch, gnädiges Fräulein —

Ilse (scharf). Bitte, Herr Lieutenant, ich bin durchaus nicht in der Laune, mit Ihnen zu scherzen.

Holm (wie oben). Ah, das bedaure ich aufrichtig. Seit Sie mich neulich durch Ihr graziöses Talent dafür geradezu entzückt haben —

Ilse (wie oben). O, es lag durchaus nicht in meiner Absicht, (achselzuckend) Sie zu entzücken.
Holm. Das glaube ich. Aber ich fürchte, Sie können garnichts thun, was auf mich nicht dieselbe Wirkung hervorbringen würde.
Ilse (ihm in's Gesicht). Das ist nicht wahr!
Holm. O doch. Sehen Sie, selbst in diesem Augenblicke, wo Sie mir ein so böses Gesicht zeigen, finde ich Sie reizend.
Ilse. Und weshalb soll ich denn um Verzeihung bitten, wenn es mir nicht gelungen wäre, Sie zu verletzen?
Holm (bedauernd). Ah, hat man Ihnen das bereits gesagt? Und das stand doch erst ganz am Ende meines Programms.
Ilse (immer gereizter). Ihres Programms?
Holm. Ja, wenn alles Andere zwischen uns in Ordnung, so etwa kurz bevor ich Sie zum ersten Male als meine kleine Braut in die Arme schließe —
Ilse. Sie mich?
Holm (schalkhaft). O, das wird sehr hübsch werden.
Ilse. Sie glauben doch nicht wirklich —
Holm (schnell). Daß wir Beide uns heirathen werden? Ja, haben Sie jemals daran gezweifelt?
Ilse (außer sich). Mein Herr — Ah, ich weiß garnicht, was ich sagen soll!
Holm. Das ist auch durchaus nicht nöthig. Sie wissen, stumm haben wir uns dereinst am besten verstanden. Hier ist meine Hand. Sie legen die Ihrige hinein. Ein herzlicher Druck und Alles ist wieder vergeben und vergessen.
Ilse. Nie!
Holm. Mein Gott, liebes Fräulein, ich bestehe auf dieser Bedingung einzig Ihretwetwegen.
Ilse (zuckt die Achseln). Meinetwegen?
Holm. Ich habe Ihrem Herrn Papa heilig versprechen müssen, Sie glücklich zu machen und da darf ich doch im Leben nicht zugeben, daß Sie einen Mann bekommen, vor dem Sie nicht ein klein wenig Respect haben. —
Ilse (von oben herab). Wissen Sie, mein Herr, was ich von Ihnen denke?
Holm (mit leichter Verbeugung). Ihr Herr Papa war so liebenswürdig, ein klein wenig aus der Schule zu plaudern.
Ilse. Nein, ich will es Ihnen selbst sagen, auf die Gefahr hin, Ihre Eitelkeit etwas zu verringern.

Manuscript not for sale.

Holm. Also eitel bin ich schon?

Ilse. Sie sind ein ganz schlechter Mensch.

Holm. Ah!

Ilse. Denn wenn Sie nur soviel Herz, nur soviel Gemüth besäßen, Sie hätten das Vertrauen, mit dem ich Ihnen entgegenkam, nicht so schnöde mißbraucht.

Holm. Ah, mein Fräulein, lernen Sie mich erst näher kennen —

Ilse. Nein, je näher man Sie kennen lernt, um so unausstehlicher findet man Sie und ginge es nach mir, Sie würden der ganzen Welt als abschreckendes Beispiel aufgestellt. (Geht an ihm vorüber nach rechts.)

Holm. Also eine vollkommene Vogelscheuche? Ich danke Ihnen, mein Fräulein, so wäre ich doch endlich einmal klar über mich.

11. Scene.

Vorige. Baumann.

Baumann (hastig die Mittelthür aufreißend). Er ist gekommen? Ah, Herr Lieutenant! (Stürmt vor und faßt Holm's Linke mit beiden Händen.) Jetzt stecke ich nicht mehr im bunten Rock. Sie können mich nicht mehr in Arrest schicken. Sie müssen sich's gefallen lassen, daß ich Ihnen endlich sage, wie mir um's Herz ist.

Holm. Fangen Sie schon wieder an?

Baumann. Ja, und ich höre nicht eher auf, als bis Alles herunter ist.

Holm. Das kann nett werden.

Baumann (leidenschaftlich). Sie sind der beste Mensch, der mir im ganzen Leben begegnet ist.

Holm (mit einem lustigen Blick auf Ilse). Sie irren sich.

Baumann. Nein. Von Tag zu Tage habe ich es mehr erkennen lernen und bis zum letzten Athemzuge werde ich es Ihnen gedenken, wie viel Herz, wie viel Gemüth Sie für einen armen, von Gott und Menschen verlassenen Kerl gezeigt haben.

Holm (wie oben). Ich habe ja gar keines. (Faßt Baumann am Arm.)

Baumann. O, Ihre hartherzige Bescheidenheit hat mich lange genug gequält, aber nun ich reden darf, ruhe ich nicht eher, als bis Sie vor der ganzen Welt als Muster dastehen, als Vorbild —

Holm (hält ihm den Mund zu, lachend). Jetzt ist's aber genug. Merken Sie denn nicht, daß Sie hier im Wege sind?

Baumann (bemerkt erst jetzt Ilse). Um Gotteswillen —

Holm. Schon gut. Also: rechts um —

Baumann. Laufschritt; marsch, marsch — zum letzen Mal. (Links ab.)

12. Scene.
Vorige (ohne) Baumann.

Holm (zu Ilse mit verstellter Trostlosigkeit). Wem soll ich nun glauben, mein Fräulein? — Ich denke, die Wahrheit liegt in der Mitte und habe ich wirklich einen besonderen Vorzug, so ist es sicher nur der, daß Sie mich würdigten, mir einen Augenblick gut zu sein. (Indem er dicht zu Ilse herantritt.) Nun, wo bleibt die Hand?

Ilse (nach einem Moment des Schwankens, eigensinnig). Jetzt erst recht nicht! Ah, Sie glauben, ich sei ein Kind, das man nach Belieben schlagen oder streicheln darf. Aber Sie irren, mein Herr. Ich besitze Consequenz. Und ich wiederhole Ihnen: Jetzt erst recht nicht! (Achselzuckend.) Jeden Andern eher als Sie.

Holm (mit Humor). Das ist leicht gesagt.

Ilse. Und auch gethan.

Holm. Wenn sich so leicht der Andere dazu findet.

Ilse. Ah, das übersteigt Alles!

Holm. Bedenken Sie, mein Fräulein, daß dieser Andere zunächst den Muth besitzen müßte, mit mir um Ihren Besitz zu kämpfen.

Ilse. Oho, das wird er schon!

Holm. Und dann gehört doch auch ein Bischen Courage dazu, Sie überhaupt zu nehmen, wenn man Sie kennt, wie ich.

Ilse. O, daß ich es Ihnen nur beweisen könnte, jetzt, hier, in diesem Augenblick. Aber Sie haben billig triumphieren. Sie wissen, ich war zu lange fort. Ich kenne hier Niemand außer meinem Vetter Fred (achselzuckend) und der kann freilich nicht in Frage kommen.

Holm. Warum nicht? Glauben Sie denn, daß der Sie nimmt?

Ilse (auf's Höchste gereizt). Sie meinen nicht?

Holm. Ehe Sie mich nicht vom Gegentheil überzeugen —

Unverkäufliches Manuscript.

13. Scene.

Vorige. Sophie und Fred. (Zuletzt) **Mellenthien, Alide und Livonius.**

Sophie (öffnet Fred die Mittelthür).

Fred (tritt ein, in der Hand das Papier von vorhin). Nein, nein, ich gebe es selbst ab.

Ilse (bei Freds erstem Wort). Ah, Fred! (Eilt ihm schnell entgegen und zieht ihn bei der Hand in den Vordergrund.) Komm', komm' her!

Fred (zwischen Holm und Ilse, beunruhigt). Was willst Du denn?

Ilse. Du hast neulich um meine Hand angehalten, nicht?

Fred (zögernd). Allerdings, neulich —

Ilse (triumphirend, zu Holm). Hören Sie?

Holm (verbeugt sich).

Ilse. Ich erlaube Dir heute, Deinen Antrag zu wiederholen; hier, auf der Stelle, vor diesem Herrn.

Fred (erschrocken). Ich werde mich hüten!

Ilse (betroffen). Wie?!!

Holm (lachend). Hören Sie?

Ilse (nach einem schnellen Blick auf Holm). Das ist nicht Dein Ernst, Fred, Du fürchtest, ich könnte wieder heftig werden, wie neulich. Aber sei unbesorgt und wenn Du jetzt ein guter Junge bist und thust, was ich verlange, so überlege ich mir die Sache und —

Fred. Nein, weißt Du, die Witze kennen wir.

Holm (wie oben.). Hören Sie?

Ilse (außer sich). Du glaubst mir nicht?

Fred. Nee, zweimal falle ich auf so etwas nicht herein.

Holm. Hören Sie?

Ilse (steht drohend vor Fred). Aber ich will, daß Du mir glaubst, ich will es!

Fred. Das kann Jeder sagen. Du giebst mir ja nicht einmal den Kuß, den Du mir schuldig bist.

Ilse. So? (Faßt Fred entschlossen bei den Schultern.) Da hast Du ihn! (Küßt ihn.)

Holm (überrascht, mit Humor). Donnerwetter!

Alide (welche, Mellenthien und Livonius hereinwinkend, von rechts hinter Ilse eingetreten ist). Da schlägt es ein!

Mellenthien \
Livonius } (entsetzt). Ilse!

Ilse (sieht sich erschrocken um, schreit laut auf). Ah! (Und läuft durch die Mitte ab).

Alide (beide Männer, welche Ilse nachlaufen wollen, zurückhaltend). Hiergeblieben! (Mit erhobenem Finger.) Jetzt habe ich sie.

Holm (zu Fred mit verstelltem Zorn). Vetter, das kostet Ihr Leben!

Fred (der wie betäubt dagestanden, trostlos). Um Gotteswillen, Lieutenant! Ich habe ja nicht gedacht, daß sie es thun würde. (Schnell.) Da haben Sie ihn wieder. (Küßt Holm.)

Holm (schüttelt sich prustend). Pfui Teufel!

Die Andern (lachen).

(Der Vorhang fällt.)

Manuscript not for sale.

Vierter Akt.

(Gartensalon bei Alide Friedeck, wie im zweiten Akt.)

1. Scene.

Hoppe. Holm.

Hoppe (steht, den Lackhut in der Hand, mit dem Rücken zum Publikum, lebhaft gestikulirend in der Mittelthür).

Holm (von links eintretend, erblickt Hoppe, verwundert). Nanu? Ist das nicht —? (Rufend.) Hoppe!

Hoppe (dreht sich um, immer steinehrbar). Ah, Herr Premierlieutenant! Verzeihen die Berücksichtigung. (Verbeugt sich.)

Holm. Was machen Sie denn da?

Hoppe. Ich marmorirte.

Holm (versteht ihn nicht). Was denn?

Hoppe. Meine Jungfernrede.

Holm. Ah, Sie wollen reden?

Hoppe. Schon seit mehrere Jahre. In der Küche — zum Verlobungssect, den uns der junge Herr versprochen haben. Es soll ja wieder Aussicht dazu sein. (Seufzend.) Wenn wir ihn nur erst hätten! Aber der junge Herr ist in diesem Punkt so unzuverlässig.

2. Scene.

Vorige. Fred.

Fred (eilig von rechts). Hoppe!

Hoppe. Junger Herr!

Fred. Ah, Freund Holm! Sie verzeihen einen Augenblick!

Holm. Bitte!

Fred. Haben Sie die Herren Lieutenants getroffen, Hoppe?

Hoppe. Blos den Herrn von Below. Aber der sagte, die andern Herren wüßten schon Bescheid. Sie erwarteten den jungen Herrn im Caffé an der Promenade.

Fred. Famos! Also schnell nach Hause. August soll den Korbwagen anspannen. Neue Livree, neue Handschuhe, weiße Leine. Und in einer halben Stunde haltet Ihr hier vor der Thür. Verstanden?

Hoppe (mit Achselzucken, gutmüthig). Junger Herr, ich Ihnen? (Will gehen.)

Fred. Sie, heißt es.

Hoppe (verbeugt sich). Wie Sie belieben! (Geht.)

Fred. Ihnen! (Macht erregt einen Gang nach rechts.)

Hoppe (stutzt einen Augenblick, dann im Gehen kopfschüttelnd zu Holm). Ich sage es ja, es ist ihm selbst nicht ganz klar. (Durch die Mitte ab.)

3. Scene.

Holm. Fred.

Fred. Und nun noch einmal lieber Lieutenant, Sie tragen mir Ilses plötzlich ausgebrochene Leidenschaft für mich nicht nach?

Holm. Seien Sie unbesorgt. (Giebt Fred die Hand.)

Fred. Mein Gott, Sie thun mir ja aufrichtig leid.

Holm. Sie sind eine Seele von einem Menschen.

Fred. Aber gesagt habe ich es Ihnen schon damals: Das ist nichts für Sie.

Holm. Ja, ja, Sie haben sich nichts vorzuwerfen. Aber schließlich hat der Ausgang ja selbst Ihren Herrn Onkel überrascht.

Fred. Colossal, sag' ich Ihnen. Tante erzählt Schauergeschichten, wie er gerast haben soll. Und geschworen hat er Stein und Bein, diesmal solle Ilse die Suppe auch auslöffeln, die sie sich eingebrockt. Sie habe sich mit mir compromittirt, also sei die schleunigste Verlobung mit mir der einzige Weg, sie in den Augen der Welt wieder zu rehabilitiren. Ist das nicht famos?

Holm. Wieso? Wollen Sie denn nicht Fräulein Gertrud heirathen?

Fred. Natürlich! — Aber denken Sie sich doch einmal die Conjunctur —

Holm. Conjunctur?

Fred. Unserm Freund Below seinen schlechten Witz mit dem Korbwagen heimzuzahlen. Sie hörten doch, daß mich die Herren in corpore erwarten?

Holm. Im Caffé, ja.

Unverkäufliches Manuscript.

Fred. Nun also! Ich gehe jetzt hin, erzähle meine bevorstehende Verlobung. Natürlich glaubt mir wieder kein Mensch, es wird wieder gewettet —

Holm (trocken). Und Sie fallen wieder hinein.

Fred. Ach Unsinn! Es ist ja gar kein Risiko dabei. Nimmt mich Gertrud, was so gut wie sicher, so ist Below gestraft und Ilse obendrein. Nimmt sie mich nicht, so bringe ich der Familie das Opfer und heirathe Ilse. Auf alle Fälle —

Holm (wie oben). Wird Ilse gestraft.

Fred. Lassen Sie doch die Witze. Die Sache ist ernsthaft.

Holm. Das ist etwas Anderes. Also auf alle Fälle?

Fred. Fahre ich mit der Glücklichen sofort auf die Promenade und das — um die Spötter ganz zu ecrasiren — in dem Korbwagen! Ist das eine Idee?

Holm. Wie sie nur in Ihrem Kopfe entspringen konnte.

4. Scene.

Vorige. Alide.

Alide (von rechts). Ah, Fred, Du bist noch hier?

Fred. Wieso?

Alide. Du wolltest Gertrud aus dem Wege gehen, bis ich mit ihr gesprochen und ich erwarte sie jeden Augenblick.

Fred. Ich bin schon fort. (Faßt Holm am Arm.) Kommen Sie, Lieutenant.

Holm. Nur noch ein Wort unter vier Augen zu Ihrer Frau Tante.

Fred (wendet sich nach dem Hintergrunde). Ich verstehe! (Tritt in den Garten hinaus.)

Alide. Und ich auch, Herr Lieutenant! Gehen Sie, ich bin Ihnen böse.

Holm. Weil mich der unvermuthete Anblick meines kleinen bleichen Feindes vorhin im Tiefsten erbarmte?

Alide. O, diese Männer! Und uns nennt Ihr das schwache Geschlecht! Nein, nein, jetzt sehe ich erst recht, wie nöthig es ist, die mühsam herbeigeführte Krisis bei Ilse auch zu nützen. Sie haben es einmal gesagt, so soll sie sich auch fügen, sie muß Ihnen die Hand reichen, sie muß es — und — (fein lächelnd) sie wird es auch.

Holm. Gnädige Frau, ich sehe den Schalk in Ihrem Auge.

Alide. So beruhigen Sie Ihr schwaches Herz, indem Sie noch einmal an die Tante glauben.

Fred (eilig zurückkehrend). Gertrud ist schon im Garten!
Holm. Ich komme.
Fred. Nein, nun habe ich auch noch ein Wort unter vier Augen.
Holm. So warte ich draußen. (Verbeugt sich gegen Alide, dann links ab.)
Alide (zu Fred). Also?
Fred. Liebe Tante, Du brauchst mich bei Gertrud durchaus nicht herauszustreichen. Nur um Eines bitte ich Dich.
Alide. Und das wäre?
Fred. Möchtest Du Deine Herzensuntersuchung nicht an den Vorgang anknüpfen, der sich damals hier in diesem Raum abspielte? Du verstehst mich — der Schrei, der Farbenwechsel und so weiter.
Alide. Wenn ich Dir damit gefällig sein kann, mit Vergnügen.
Fred (küßt ihr die Hand). Dann gehe ich beruhigt. Ich bin meiner Sache vollkommen sicher. (Folgt Holm.)
Alide (in den Garten blickend). Da kommt sie, langsam, Schritt für Schritt. Ein schwerer Weg, armes Kind, aber er führt zum Glück.

5. Scene.

Alide. Gertrud.

Gertrud (durch die Mitte, höchst beklommen). Liebe Tante!
Alide. Ah, da bist Du ja, Gertrud.
Gertrud (mit einem tiefen Seufzer). Ja, da bin ich.
Alide. Nun, warum kommst Du nicht näher?
Gertrud (deutet auf den Kamin). Ach Gott —
Alide. Ah, ich verstehe. — Hier geschah ja wohl das Unglück? —
Gertrud. Ja hier! (Mit ausbrechendem Weinen.) Daß auch gerade Feuer brennen mußte — mitten im Sommer!
Alide. Ja, geschehen ist nun einmal geschehen. Ich werde also Herrn Baumann rufen.
Gertrud (Alide festhaltend). Halt, liebe Tante. Um Gotteswillen!
Alide. Was giebt es denn?
Gertrud. Ich weiß ja noch gar nicht, wie ich anfangen soll. (Wieder weinend.) Ach, es wird mir so entsetzlich schwer.

Manuscript not for sale.

Alide. Hilft nichts. Der arme Mensch freut sich ja noch immer auf die Depesche aus Paris.

Gertrud. O, Onkel auch. Er kann sich gar nicht erklären, warum das Telegramm so lange ausbleibt und hat in seiner Ungeduld noch einmal anfragen lassen, ob die Arbeit überhaupt in Paris angekommen ist.

Alide. Da muß ja die Rückantwort jeden Augenblick eintreffen.

Gertrud. Das ist es ja eben.

Alide. Also bist Du doppelt verpflichtet, Herrn Baumann auf die ihm bevorstehende Enttäuschung vorzubereiten. (Wendet sich zum Gehen.)

Gertrud (angstvoll Alide beim Kleide fassend). Halt, liebe Tante!

Alide. Noch einmal?

Gertrud. Sieh, ich habe darüber nachgedacht, ob man Paul Baumann nicht für den schrecklichen Fehlschlag ein wenig entschädigen könnte.

Alide. Wenn das möglich wäre —

Gertrud. Vielleicht nimmt er die tausend Thaler, die ich noch von Mama habe.

Alide. Und was wird dann aus Deiner Aussteuer?

Gertrud. O, davon ist nicht mehr die Rede. (Schluchzend.) Ich heirathe jetzt in meinem ganzen Leben nicht mehr.

Alide. So, so? Das ist ja ein ganz neuer Entschluß. Aber nun laß mich. (Geht zur Thür.)

Gertrud (in höchster Angst). Tante!

Alide (stehen bleibend, ungeduldig). Ich habe heute alle Hände voll zu thun.

Gertrud (mit gefalteten Händen). Möchtest Du ihm denn nicht wenigstens eine kleine Andeutung machen?

Alide. Wollen sehen —

Gertrud (etwas erleichtert, schnell). Du kannst ihm meinetwegen so viel sagen, wie Du willst.

Alide (lachend). Warum nicht lieber gleich das ganze Geständniß?

Gertrud. Ach ja, das wäre das Beste!

Alide. Nein, mein Kind, wer sündigt, muß auch sühnen. Und ich brauche ein gutes Beispiel für unsere Ilse. (Links ab.)

6. Scene.
Gertrud. Baumann.

Gertrud. O Gott, Tante ist schrecklich! Ich, ich selbst soll ihm sagen, daß ich ihn so unglücklich gemacht habe! Wenn ich nur einen Ausweg wüßte oder einen Trost für ihn, ehe der Onkel kommt und mit der unseligen Depesche alle seine Hoffnungen vernichtet! — Ah, da ist er schon!

Baumann (freudig erregt von links). Fräulein Gertrud, Fräulein Gertrud! Ja, ist es denn wahr, was mir Frau Friedeck eben erzählt hat?

Gertrud (halb erschreckt, halb freudig). Wie? Tante hätte Ihnen also doch gesagt —?

Baumann. Alles, Alles. Geben Sie mir Ihre Hand, das haben Sie hübsch gemacht!

Gertrud (weinend). Ach, lieber Herr Baumann, verzeihen Sie! Ich wollte Sie ja nur retten!

Baumann (gerührt). Mit Ihrer Aussteuer!

Gertrud (enttäuscht). Ach, davon sprechen Sie?

Baumann. Ja, Fräulein Gertrud, dieser schöne, große Entschluß, der Sie ganz wieder als die liebe, selbstlose Jugendgespielin erscheinen läßt, macht mich Alles vergessen, was einen Augenblick verbitternd zwischen uns getreten ist. Er müßte ja all' Ihr Unrecht gegen mich auslöschen und wenn es noch hundert Mal größer wäre.

Gertrud (schnell aufathmend). Ach, das wäre gut!

Baumann. Aber — (entschlossen) ich nehme Ihr Opfer nicht an!

Gertrud (erschrocken). Sie müssen, Sie müssen —

Baumann. Nein, Fräulein Gertrud, Ihre That wird die beglückendste Erinnerung meines Lebens sein, aber es bedarf derselben nicht mehr. Durch Herrn Fock bekomme ich ein Stipendium und die Prinzipale meiner Schwester, denen Herr Lieutenant den Zweck von Olgas aufopferndem Unterstützungen mitgetheilt, haben mir in großmüthiger Weise ein Darlehn für die ganze Studienzeit angeboten.

Gertrud (dringend). Nein, nein, das dürfen Sie nicht annehmen, lieber Herr Baumann.

Baumann. Aber Fräulein Gertrud —

Gertrud. Die Leute haben keine Verpflichtungen gegen Sie, aber ich — ach es ist mir ein Herzensbedürfniß etwas für Sie zu thun.

Unverkäufliches Manuscript.

Baumann (warm). Ein Herzensbedürfniß?

Gertrud (immer lebhafter). Ja, ja! O mein Gott, mir wird das Geständniß ja so schwer.

Baumann (immer mehr ermuthigt). Ein Geständniß?

Gertrud. Ja, haben Sie denn noch nicht gemerkt, daß ich Ihnen etwas sagen möchte, was mir doch nicht über die Lippen will?

Baumann. Fräulein Gertrud, wenn ich Sie recht verstände —

Gertrud. O, thun Sie es, thun Sie es!

Baumann. Sie haben jenes Opfer, das Sie mir bringen wollten, garnicht als Opfer empfunden? —

Gertrud. Gott bewahre —

Baumann. Indem Sie die Sicherung Ihrer Zukunft in meine Hände legten, wollten Sie mir andeuten, daß Sie mich nicht für unwürdig hielten, diese Zukunft einst zu bestimmen — zu besitzen? —

Gertrud. Mein Gott, das ist ja Nebensache, aber —

Baumann. Nein, Gertrud, das ist die Hauptsache, das ist Alles: das höchste Glück, das ich mir erträumen könnte. Denn wie es mich heute für alle früheren Bitterkeiten meines Schicksals entschädigt, so würde es mich trösten, mich froh und selig stimmen, und täuschten sich gleich alle Hoffnungen, die jetzt meine Brust noch stolz erschwellen machen.

Gertrud (leidenschaftlich). Ist das wahr? Ist das ganz wahrhaftig wahr?

Baumann. Ich will es vor dem Onkel wiederholen — da kommt er.

Gertrud. Um Gotteswillen! Nein, lassen Sie mich!

7. Scene.

Vorige. Livonius. Alide.

Livonius (mit Alide eilig durch die Mitte, die geschlossene Depesche schwingend). Die Depesche, die Depesche, Kinder!

Gertrud (indem sie hastig seine beiden Hände faßt). Halt, lieber Onkel — halt, um Alles in der Welt!

Livonius (höchst verwundert). Was hast Du denn, Gertrud?

Gertrud. Du mußt erst schnell Deine Einwilligung geben!

Alide. } Wozu denn?
Livonius. }

Gertrud. Paul Baumann will mich heirathen. —

{ Alide. Gertrud! Auf einmal?
{ Livonius. Das hat doch keine solche Eile?
Gertrud (außer sich). O, doch, doch. Es ist die höchste Noth!
{ Alide. Aber Gertrud!
{ Livonius. Aber Kind, so laß mich doch erst die Depesche — (will sich losreißen).
Gertrud (seine Hände festhaltend). Nein, nein, das ist es ja eben. Es muß vorher geschehen, Onkelchen, es muß, es muß!
Livonius. Nun, meinetwegen, damit ich nur loskomme!
Gertrud (indem sie Baumann in die Arme fliegt, aufathmend). Da hast Du mich, Paul.
{ Baumann (in höchster Freude). Gertrud!
{ Gertrud (Baumann umklammernd, mit zum Onkel gewandtem Köpfchen). Jetzt, jetzt kannst Du lesen. —
Livonius (indem er die Depesche öffnet). Paßt auf, ich übersetze gleich. (Liest.) Arbeit eingetroffen, als beste erfunden, aber —
Gertrud (schnell). Eingetroffen? (Ganz starr.) Das ist ja nicht möglich.
Alide (fein). Wenn Brigittens tugendliche Entrüstung nicht noch rechtzeitig zum Verräther Eures Rettungswerkes geworden wäre —
Gertrud (halb verschämt, halb übermüthig). O, wenn ich das gewußt hätte!
Alide (schnell). Bereust Du?
Gertrud (indem sie Baumann die Hand giebt). Nein, diesmal gewiß nicht.
Baumann (indem er sie umarmt hält, innig). Ich will's verbürgen. —
Livonius (der mit offenem Munde dabei gestanden). Ja, was heißt denn das Alles? Wollt Ihr mir nicht erklären —
Alide. Später, später! Lesen Sie doch erst zu Ende.
Livonius. Ich habe schon.
Die Andern. Nun?
Livonius. Die Arbeit kam zu spät. Mit dem Preise ist es nichts, aber —
Baumann (schnell einwerfend). O doch, Herr Director. (Gertrud an sich ziehend.) Hier halte ich ihn!
Livonius (freundlich). Schon recht! (Mit erhobener Stimme.) Aber hört nur, wie Professor Saint Réol seine Depesche schließt: (Liest.) Glück auf, Ihrem Schützling! Ich beneide sein Vaterland um eine Armee, in deren Reihen das ein Letzter ist. (Schüttelt Baumann's freie Hand.) Bravo, mein Sohn!

Manuscript not for sale.

Alide (neckend zu Gertrud). Der Landesverräther!

Gertrud (sich an Baumann schmiegend, glücklich). Mein Paul Baumann!

8. Scene.

Vorige. Brigitte. (Dann) Fred.

Brigitte (durch die Mitte, schlägt beim Anblick der Gruppe Gertrud-Baumann erstaunt die Hände zusammen). Herrjeh, was ist denn das?

Gertrud (Baumann loslassend und schnell in die Mitte tretend). Ja, wundere Dich nur, alte Brigitte! Du bist schuld, daß ich jetzt Braut bin.

Brigitte. Braut!? Nein, was man nicht Alles erlebt!

Fred (in der Mittelthür). Aber Brigitte, Sie sollten mich doch feierlich anmelden!

Brigitte. Ach so. (Setzt sich in Positur.) Herr —

Fred (kommt nach vorn, ärgerlich). Nun ja, jetzt! Jetzt bin ich alleine da. (Zu Gertrud.) Ich hörte das süße Wort Braut und da durfte mich keine Mauer mehr von meinem Glück trennen. (Faßt Gertrud bei der Hand und führt sie zu Livonius.) Ihren Segen, Schwiegeronkel.

Die Andern (lachen).

Livonius. Was fällt Ihnen ein?

Baumann (faßt Gertrud bei der andern Hand und will sie fortführen). Die Braut ist mein.

Fred (Gertrud festhaltend). Erlauben Sie 'mal! (Sich an Alide wendend.) Tante!

Alide (achselzuckend). Er hat Recht.

Fred (zu Alide). Aber der Schrei neulich?

Alide. Baumann's wegen.

Fred (zu Gertrud). Und der Farbenwechsel, das Herzklopfen?

Gertrud. Baumann's wegen.

Brigitte. Ja, das will ich bezeugen!

Fred (schlägt sich vor die Stirn). Und ich lasse Consul Lehmann auch noch unterschreiben!

Gertrud. Aber nun kommt Alle zu Ilse. Jetzt muß sie auch glücklich werden!

Alide. Ja, hinein Kinder und erzählt, wie sehr Ihr es selber seid.

9. Scene.

Alide. Fred.

Fred. Glücklich? Und daran glaubst Du, Tante?
Alide. Von ganzem Herzen.
Fred. Ich sage Dir, das arme Mädchen hat sich geopfert.
Alide. Das thut jede Frau die einen von Euch nimmt.
Fred. Nicht so. Hast Du ihre Anspielung nicht verstanden? (Pathetisch.) „Jetzt soll Ilse auch glücklich werden" — hat sie gesagt — Na, das geht jetzt doch garnicht mehr ohne mich.
Alide. Du meinst —
Fred. Nur Ilses wegen hat sie auf mich verzichtet, natürlich!
Alide. Das wäre rührend!
Fred. Nicht wahr? Aber sie soll sich nicht in mir getäuscht haben. Auf der Stelle gehe ich in die Ressource und Du kannst Dir Onkels glückliches Gesicht denken, wenn ich ihm sage: „Ich verzeihe Ilse." (Schnell ab durch die Mitte.)
Alide (blickt ihm kopfschüttelnd nach). Wie bin ich nur zu dem Neffen gekommen?

10. Scene.

Alide. Mellenthien. (Zuletzt) Ilse.

Mellenthien (ganz gebrochen von rechts). Nein, das ist zu viel, das halte ich nicht mehr aus! (Zieht sein Schnupftuch hervor.)
Alide. Mellenthien! Was giebt es denn?
Mellenthien (läßt sich rechts auf einen Stuhl fallen). O mein Kind, mein armes Kind!
Alide. Ich glaube wahrhaftig, Sie möchten auf Ihre alten Tage noch anfangen zu weinen.
Mellenthien. Ja, daß ich mich von Euch habe breitschlagen lassen und nun der Tyrann bin, der Barbar, der sein eigenes Kind zu Tode martert.
Alide. Sie sehen darnach aus!
Mellenthien (aufspringend und die linke Seite gewinnend). Machen Sie dem Ding ein Ende, sage ich, oder es giebt zwei Leichen. Das ist keine Erziehung mehr, das ist Thierquälerei. Herr mein Gott! Wie Gertrud da drinnen von Glückseligkeit überströmt, dieser Baumann des Rühmens kein Ende findet,

Unverkäufliches Manuscript.

O dieser Papa! 6

was sein Lieutenant Alles an ihm gethan — wie Ilse sich todesbleich vom Stuhle hebt, verzweiflungsvoll die Hände nach mir ausstreckt und ich, ihr leiblicher Vater, meinem eigenen Fleisch und Blut den Rücken wenden muß — das Herz im Leibe hat es mir herumgedreht, mit was für einem Blicke sie mich da angesehn!

Alide. Das glaube ich, die Wendung war ihr neu.

Mellenthien. Lassen Sie den Spott! Soll mich der etwa für diese Folterqualen entschädigen?

Alide. Nein, das soll (ernst) die Achtung vor Ihnen, mit welcher Ihr Kind nun aus dem Elternhause scheiden wird.

Mellenthien. Ach, hätten Sie diese starren Augen gesehen und die beiden großen Thränen darin —

Alide (fröhlich). Sie hat geweint und da lachen Sie nicht?

Mellenthien (voll Abscheu). Alide!

Alide (ohne sich unterbrechen zu lassen). Da machen Sie hier ein langes Lamento, überschwemmen mich mit eigenen Thränen, anstatt geschwind zum Lieutenant zu laufen und ihm zu sagen: Jetzt ist es Zeit!?

Mellenthien (mit zweifelnder Miene). Was, was? Das wäre Ihr Ernst?

Alide. Unter einer Bedingung.

Mellenthien (hastig). Reden Sie.

Alide. Ihr wartet dort im Garten, bis ich Euch hereinwinke.

Mellenthien (kopfnickend). Bis Sie uns hereinwinken. (Will fort.)

Alide. Halt!

Mellenthien (ungeduldig). Was denn noch?

Alide. Ich rufe jetzt Ilse.

Mellenthien (will wieder ab). Dazu brauchen Sie mich doch nicht.

Alide (hält Mellenthien fest). So hören Sie doch nur! Ich habe Ilse Wunder erzählt, wie schlimm Sie es in Ihrem Grimm getrieben haben.

Mellenthien. Das kann ich mir denken.

Alide. Soll ich jetzt den freundlichen Ausgang glaubwürdig vermitteln können, so muß sie durchaus noch eine Probe davon zu sehen bekommen. Also nehmen Sie sich zusammen.

Mellenthien (beklommen). Ich begreife nicht —

Alide. Wozu begreifen, wo schreien allein genügt?

Mellenthien. Schreien soll ich?

Alide (nickt). Wenn Ilse jetzt eintreten wird, so laut Sie

können: „Kein Wort weiter, bereiten Sie sie darauf vor, ich hole ihn!"
Mellenthien. Den Lieutenant?
Alide. An den können Sie dabei denken.
Mellenthien. Wird gemacht!
Alide. Gut! (Geht an die Thür rechts, die sie öffnet.)
Mellenthien. Das Haus soll wackeln! Jetzt wo Alles ein gutes Ende nimmt.
Alide (ruft hinaus). Liebe Ilse, auf ein Wort.
Mellenthien. Das heißt, ansehen kann ich mein Kind dabei nicht.
Alide (Mellenthien zur Thür drängend). So machen Sie sich meinetwegen schon auf den Weg. (Leise.) Die Thür geht auf.
Ilse (tritt ein).
Alide (leise). Los! (Laut, wie in lebhaftem Wortwechsel begriffen.) Aber, Mellenthien, ich beschwöre Sie —
Mellenthien (indem er in den Garten hinaustritt, schreiend). Kein Wort mehr, bereiten Sie sie darauf vor, ich hole ihn! Zum Donnerwetter! (Links ab.)
Alide (die Ilse den Rücken wandte, geht nach links, indem sie wie verzweifelt die Hände zusammenschlägt und mit denselben ihren Mund gegen Ilse deckt, für sich.) Alle Achtung für das Donnerwetter.

11. Scene.

Alide. Ilse.

Ilse (welche bei Mellenthien's letzten Worten zusammenschrickt). Wen holt Papa, liebe Tante?
Alide (sich wie erschreckt umwendend). Ah, Ilse, (streckt ihr beide Hände entgegen) mein armes Kind.
Ilse. Um Gotteswillen, sprich, wen holt er?
Alide. Ich habe ja nicht geglaubt, daß es so weit kommen würde —
Ilse (aufschreiend). Fred?
Alide. Deinen künftigen Bräutigam.
Ilse. Nein, nein, das ist ja nicht möglich. Fred mag mich nicht, Fred will mich nicht mehr. Das war es ja, was mich heute Morgen so beschämte, so von Sinnen brachte.
Alide. So hat er Mitleid mit Dir oder glaubt es der verletzten Ehre unserer Familie schuldig zu sein, kurz, er ist eben

Manuscript not for sale.

in die Ressource gegangen, um von Deinem Vater Deine Hand zu erbitten.

Ilse. Tante! (Sinkt auf einen Stuhl.) O mein Gott, dann bin ich verloren.

Alide. Fasse Dich, Ilse.

Ilse. Nein, nein — wir haben uns alle schrecklich in Papa getäuscht. Was er mir eben gethan hat — O, nie hätte ich geglaubt, daß er so, so hart sein könnte!

Alide (für sich). Das glaube ich. Es hat auch manchen Hammerschlag gekostet.

Ilse (aufspringend). Aber Du mußt mich retten, Tante.

Alide. Ich?

Ilse. O, Du hast mich lieb, ich weiß es — so wenig ich es auch verdiene. Du mußt mir helfen. Der Fred ist eine zu fürchterliche Strafe. (Hängt weinend an Alidens Halse.)

Alide. Du hast sie selbst erwählt —

Ilse (aufschreckend). Ich?

Alide. Durch Deinen Kuß.

Ilse (sie unterbrechend). Den hatte ihm ja Papa versprochen!

Alide. Als Ihr noch halbe Kinder wart. Es ist nicht sein Fehler, daß Du Fred noch immer wie einen Jungen behandelst. Genug, Du hast ihn hier vor aller Welt geküßt —

Ilse. Seid Ihr denn alle Welt?

Alide. Und der Lieutenant? Er war der Erste der zu — einer schleunigen Verlobung rieth!

Ilse. Er? Der um mich kämpfen wollte?

Alide. Fühlst Du Dich noch dessen werth? Ein Mädchen, so dem Dämon seiner Heftigkeit verfallen, daß es in einem Augenblick des Zorns, verletzter Eitelkeit sich aller Scheu begiebt und mit den edelsten Regungen des eigenen wie fremder Herzen ein leichtfertig, launenhaftes Spiel treibt?

Ilse. O, Du hast Recht, er muß mich verachten.

Alide. Ja, wenn sich jetzt auch noch Deine so gerühmte Consequenz als Prahlerei erweist, wenn Du nicht die Kraft besitzest, zu sühnen, was Du im Uebermuth verbrochen —

Ilse. O, ich werde sie finden. Ich will es Tante. — Habe ich nicht so viel gekonnt, was böse war? — Ja, was ich jetzt noch kaum zu denken wage — ich will, ich werde Papa gehorsam sein, wenn Du mir versichern kannst, daß Er dafür mit Achtung von mir scheidet.

Alide. Mit Bewunderung vielleicht, wenn er ahnen dürfte,

daß Du den Muth zu Deinem Entschlusse aus dem Gefühl für einen Andern schöpfest.

Ilse (sinkt an Alidens Brust, mit thränenerstickter Stimme). O, dann darf er mich bewundern.

Alide (leise). Ilse! Du hast ihn lieb? (Winkt nach dem Garten und legt dann gleich den Finger auf den Mund zum Zeichen daß Mellenthien und Holm, welche leise eintreten, sich zurückhalten und schweigen sollen.)

12. Scene.

Vorige. Mellenthien. Holm. (Dann) Livonius. Baumann. Gertrud. (Darauf) Fred. (Zuletzt) Hoppe.

Ilse (schamhaft den Kopf verbergend). Ja, einmal will ich es aussprechen. Dir, Dir allein will ich es sagen und Du wirst es still im Herzen tragen, bis ich begraben bin.

Alide (protestirend). Liebes Kind —

Ilse (mit leisem Schluchzen). O, Fred wird mich bald genug todtärgern. — Aber dann mußt Du es ihm sagen, daß ich ihn sehr lieb gehabt habe und ihn so gern um Verzeihung gebeten hätte, wäre es nicht zu spät und ich noch seiner werth gewesen.

Mellenthien (im Hintergrunde preßt das Taschentuch vor sein Gesicht).

Ilse. Und dann grüße auch meinen guten Papa, den ich in allem Weh nur doppelt liebe, und frage ihn, warum ihm seine Geduld nicht ein kleines Bischen früher gerissen ist — und — wenn er mich schon einmal zwingen wollte — warum nicht lieber damals gleich zum Lieutenant?

Mellenthien (sinkt schmerzübermannt, lautlos an Holms Brust).

Ilse (von dem Geräusch erschreckt, mit einer Bewegung, als wollte sie sich noch mehr hinter der Tante verbergen). Was ist das?

Alide (drückt Ilse's Kopf fest an ihre Brust). Muth, Muth, mein Kind, der Augenblick ist da.

Ilse (sich krampfhaft an die Tante pressend). Mein Vater?

Alide. Und Dein künftiger Mann. (Winkt mit dem Kopfe Beiden näher zu treten.)

Ilse (wie oben). O Gott, ich kann ihn nicht sehen!

Alide. So schließe die Augen und beiße die Zähne zusammen. (Laut, feierlich.) Mellenthien, treten Sie näher, Ihr Kind ist entschlossen. (Löst Ilse's eine Hand von ihrer Brust.) Hier ist ihre Hand.

Ilse (tonlos). Tante —

Unverkäufliches Manuscript.

— 86 —

Alide. Standhaft, mein Kind — Er wird Dich achten.

Ilse (sich aufraffend, indem sie Holm abgewandt und gesenkten Blickes ihre Hand reicht, leise.) So ist denn Alles, Alles aus!

Holm (ergreift Ilse's Hand, innig). Fräulein Ilse!

Ilse (wendet sich bei dem Ton jäh zu ihm und sinkt bei seinem Anblick mit einem Aufschrei zurück).

Holm (fängt sie in seinen Armen auf). Ilse!

Mellenthien (erschrocken). Ilse, mein Kind! Ich habe sie todt gemartert!

Livonius
Gertrud } (welche bei Ilse's Schrei erschrocken von rechts herbei-
Baumann eilten, durcheinander). Was ist geschehen? Was giebt es? Was ist Ilse begegnet?

Alide (alle beschwichtigend). Pst! (Zu Mellenthien.) Unbesorgt, daran stirbt man nicht.

Ilse (die zu sich gekommen, indem sie über ihre Lage erschrickt, schüchtern). Herr — Lieutenant —

Alide (schelmisch). Hans heißt er.

Holm (innig). Darf ich die Hand behalten?

Ilse (indem sie den Kopf an seine Brust lehnt, leise). Hans, vergieb!

Fred (nach einer ganz kleinen Pause, eilig durch die Mitte). Ah, hier bist Du, Onkel? Und Alle beisammen, auch Fräulein Gertrud? Nun sollen Sie was erleben! Ilse soll glücklich werden, haben Sie gesagt. — Ich opfere mich auch!

Ilse (glückselig, Hans innig umschlingend). Nicht nöthig, lieber Fred —

Alide (schnell). Sie hat ihr Opfer.

Fred (starr). Was?
Die Andern (lachen).

Fred. Aber Lieutenant, was bleibt denn für mich?

Hoppe (in Galla, der gleich hinter Fred eingetreten ist, laut meldend). Der Korbwagen, junger Herr!

Alle (lachend). Der Korbwagen!
Fred (schlägt sich vor die Stirn). O, Below!

(Der Vorhang fällt.)

Manuscript not for sale.

Ernst Connemy.

Hergestellt in der Officin von R. Boll, Berlin 1886.